Gabrielle Basquin

Autres soleils

« On croit toujours aller
l'un vers l'autre et l'on ne fait jamais
que passer l'un à coté de l'autre ».

Frantz SCHUBERT note 1884

Il n'est que ce pays de lumière pour nourrir l'ombre dure, tranchante et redoutable dans laquelle on se perd.

L'arc-en-ciel

Que venait-il faire ici plutôt qu'ailleurs ? Son voyage avait été long, le train d'abord puis le car sur une route accidentée où il avait somnolé malgré l'inconfort, gagné par un des rêves récurrents qu'il faisait enfant et qui souvent devenait cauchemar, l'éveillant angoissé et transpirant. Aujourd'hui, il avait échappé aux mauvaises images et il lui restait le souvenir plaisant d'une fuite ondoyante entre des buissons, au soleil couchant.

Simon saisit son sac et s'éloigna du parking. Séparées par le lit sec de la rivière, l'ombre et la lumière s'affrontaient ; face à l'escarpement du grand rocher, à ses failles obscures, à ses sombres éboulis, la ville exposait des toits romans et des façades de pierre éclairées par un soleil oblique. Comment aujourd'hui imaginer la vigueur du torrent qui avait peu à peu entamé, usé, creusé et partagé la montagne, ouvrant une brèche entre deux régions, l'une vouée à l'âpreté d'un midi extrême, l'autre aux rigueurs alpines ? Au nord, les cumulus menaçants en révélaient la frontière.

La fraîcheur des rues piétonnes, les vitrines désuètes, les odeurs très anciennes qui s'échappaient des portes entr'ouvertes sur des couloirs dallés étaient d'une quiétude toute provinciale. Le rideau de perles qui masquait l'entrée d'une droguerie, en retombant derrière lui bruissait comme l'eau courante sur un lit de cailloux.

Le magasin sombre embaumait la cire d'abeille et recélait des produits et des ustensiles d'un autre âge, casseroles en cuivre, chenets, soufflets de toutes dimensions, pots de confiture en nombre. Derrière le comptoir, entre deux rubans tue-mouches, une vieille femme prolongeait sa sieste dans un fauteuil d'osier. Simon ne la réveilla pas et se retira doucement, résolu à trouver seul le lieu de son rendez-vous.

Il erra dans la ville basse. Des ruelles et des escaliers passant en tunnel sous de hautes maisons le conduisirent à une place plantée de platanes. A travers le feuillage, leur structure apparaissait équilibrée et puissante, sculptée par les tailles séculaires. Dans leur ombre, le Café du Cours étendait sa terrasse toute méridionale. C'est là qu'on viendrait le chercher. Il s'assit et attendit, le Monde de la Musique posé bien en évidence sur la table. A côté de lui, un homme l'examinait avec insistance. Après s'être attardé sur les chaussures, sur les mains, sur le visage de Simon, il lui sourit en un témoignage inattendu de reconnaissance et d'amitié, sa main lui serra le bras avec une grande force et des sons inarticulés s'échappèrent de ses lèvres Il relâcha son étreinte lorsque le serveur, posant devant lui un verre de limonade, le gronda comme un enfant.

— Non, ne fais pas ça, Victor. Arrête ! Excusez-le.
Il est très amical avec des inconnus mais il s'énerve quand on ne le comprend pas.

Le muet l'avait oublié et n'était plus attentif qu'à son verre, traçant des figures géométriques dans la buée fragile qui le recouvrait. Heureux de l'attention qui lui était portée, il approcha le verre des yeux de Simon en l'interrogeant d'un grognement prolongé. C'était difficile de refuser ce besoin de communiquer et sur la couverture du Monde de la Musique, Simon reproduisit les dessins maladroits offerts à son admiration. Le muet manifesta son plaisir par ce qui pouvait ressembler à un rire, vida son verre et se leva. Simon le regarda s'éloigner, se défendant de donner à cette rencontre un sens qu'elle ne pouvait avoir.

Sur la place, une jeune femme avançait vers le café, une tunique blanche la couvrait des épaules aux chevilles. Elle s'approcha de Simon qui la trouva très belle. La main posée sur le Monde de la Musique, elle se présenta et s'excusa de son retard. Il la suivit jusqu'à une Méhari décapotée et ils quittèrent la ville.

Il n'y avait rien entre eux et le paysage qui s'imposait dans toute son étrange âpreté. Ce n'étaient que collines et côtes de marne grisâtre, petits vallons plantés de chênes nains et de genêts secs dont le beau soleil couchant ne pouvait atténuer la désolation. Après un long détour à travers une combe déjà sombre, un plateau se découvrit dans la lumière ; des vergers et des champs luisaient sous d'inattendus arc-en-ciel. La pluie des canons à eau n'épargnait pas la route et en dépit de l'adresse de la conductrice, les gouttes crépitaient sur la voiture et cinglaient leur visage et leurs bras.

La Méhari emprunta un chemin de terre bordé de platanes, la maison était là, dissimulée par une haie de thuyas.

— Je vous laisse, dit la jeune femme, mon séjour ici se termine, je file vers le sud. Bonne chance Simon.

Sa voix de contralto un peu sourde, marquée par un accent étranger ou affecté était réconfortante et Simon regretta de la perdre sitôt qu'entendue. Elle avait avec un certain talent joué son rôle de messagère, de guide.

Simon s'avança vers la maison qui offrait sa façade nord austère et aveugle, il la contourna par la droite à travers un verger négligé. Une femme lisait sur une terrasse que l'ombre n'avait pas encore gagnée, Simon toussota, elle leva les yeux, sourit et vint vers lui les mains tendues.

— Bienvenue chez nous Simon. C'est dommage que votre sœur ne vous accompagne pas mais c'est peut-être mieux pour vous. Toute la maisonnée est partie en excursion, je suis seule. Asseyez-vous, je vais chercher des rafraîchissements.

Un verre d'infusion glacée à la main, Simon écoutait Elise lui parler de ses fleurs, de sa maison et de sa famille. Sa voix était jeune, claire mais parfois à la fin d'une phrase, l'essoufflement en changeait le timbre qui s'assombrissait, c'était une fêlure à peine audible, troublante comme la mue d'un adolescent.

— Vous dormiez ?

Simon avait en effet fermé les yeux pour écouter le bavardage anodin qui s'employait à défaire le silence et dont l'insignifiance voulue se trahissait par de soudaines défaillances mélodiques et vocales.

— Vous avez l'air fatigué. Voulez-vous vous reposer et dîner dans votre chambre, je crois que vous ne tenez pas à rencontrer ce soir toute la famille. Je vais vous préparer un plateau.

Elle avait raison, la solitude et le repos lui étaient à ce moment aussi vitaux que l'air respiré. La chambre fraîche et ventilée avait une entrée indépendante et son ambiance était monacale. Elise suspendit à une poutre un bouquet composé de lavandins, de chardons bleus et d'épis à longues barbes brunes, elle posa le plateau sur une table d'osier et se retira souriante et enfin silencieuse.

Simon allait faire sien cet espace de repos et de travail : des vêtements sur les étagères de pin brut, une photo, des partitions et un magnétophone sur la table à tréteaux, de la lecture près du lit. Il s'allongea et prit un livre, une lettre en tomba.

Petit frère,
Je regrette d'avoir orienté ton choix à la bibliothèque municipale vers ce gros roman, sa typographie serrée est bien décourageante pour un lecteur fatigué. Bien qu'il soit tout à fait distrayant, tu ne le liras pas et tu condamneras une fois encore mon autoritarisme et ta faiblesse !

Incorrigible cependant, j'ai continué après ton départ à m'occuper de toi. Tu ne veux plus de mon hospitalité ? D'accord... mais tu ne dois pas t'enfermer dans la solitude. J'ai donc organisé ton repos pour les prochaines semaines. Une très chère et très ancienne amie, perdue de vue depuis.je n'ose dire quand, a repris cette année contact avec moi. Elle passe l'été dans une maison dont la situation correspond à tes goûts et à tes besoins. Je te confie à elle. Au courant de ton état, elle t'accueillera et t'hébergera avec toute l'affabilité et la discrétion nécessaires pour que tu te sentes à l'aise. Ne néglige pas ma proposition et pardonne encore à ta vieille sœur mêle-tout qui t'aime.

Ci-dessous, l'adresse à laquelle tu télégraphieras le jour et l'heure de ton arrivée.

Espérance

Elle se trompait doublement : Simon acceptait avec reconnaissance sa prise en charge, il aimait le livre qu'elle lui avait recommandé, sa fantaisie et ses outrances qui lui offraient l'évasion dans un univers étranger et pourtant fraternel. Les réflexions, les sentiments des personnages, les évènements de leur vie trouvaient en lui correspondances et prolongements, ce qu'ils disaient, ressentaient, vivaient, éclairait ses pensées, ses sentiments, sa vie même. Par leur grâce, enfin oublieux de lui-même, il réussissait parfois à rire.

Le livre serré contre lui, il s'avança vers la porte ouverte. Sur le seuil, un papillon attardé palpitait saisi par la fraîcheur du crépuscule. Simon s'assit sur la première marche, face à la pinède obscure, attentif aux bruits de la nuit tombante. D'un pied de genêt chargé de cosses craquantes, un renard sortit, s'étira, posa sur ses pattes noires son fin museau roux, se tourna vers Simon et trotta vers un romarin sous lequel il se terra. Proche, une voix lança plusieurs fois un appel auquel le renard quittant son abri sembla répondre, ombre rousse filant de buisson en buisson comme Simon l'avait rêvé.

Les Rois mages

La douceur du soleil levant, sa lumière dorée entraient par la porte restée ouverte. Simon sortit et marcha autour de la maison encore endormie. A la bâtisse ancienne on avait intégré des éléments de conception et de réalisation récente. L'ordonnance traditionnelle de la façade sud était modifiée par l'ajout d'une structure métallique, serre l'hiver lorsque des glaces y sont encastrées, véranda l'été lorsque des stores et de grandes plantes vertes la protègent du soleil. Simon y pénétra et s'assit un instant dans un fauteuil de rotin sous une fougère géante. Le store légèrement relevé lui permettait d'apercevoir la terrasse où il s'était tenu la veille avec Elise. Les branches basses d'un tilleul ombrageaient une table autour de laquelle il compta six chaises, c'était certainement là le lieu de vie estival. Il traversa la véranda et arriva dans la cuisine. Sans aucune concession à la décoration, tout y était authentique et fonctionnel, l'âtre dont la blancheur marquée de suie contenait un assortiment de chaudrons et de poêlons, les tresses d'ail et d'oignons qui pendaient à portée de main, les légumes et les fruits qui s'empilaient dans de rugueuses céramiques vertes. Sur l'évier, dressée contre trois bols fraîchement lavés, une ardoise portait ce message : « *Grand'mère, la chatte nous a encore réveiller, on a plus sommeil, on va joué dans la pinède. Bisous.* » L'écriture avec ses fautes d'orthographe était très appliquée et le S final était prolongé par le dessin d'une fleur naïve. Des portes claquèrent, des voix lointaines se répondirent et Simon se hâta de quitter la cuisine.

La matinée mûrissait, s'échauffait déjà. Dans la pinède, le sous-bois venait d'être entretenu, les branches basses avaient été élaguées, les buissons taillés et les pommes de pin ramassées. Simon suivit leurs tas bien alignés jusqu'à une petite clairière au centre de laquelle il découvrit une hutte grossièrement confectionnée au moyen de branches réunies en faisceaux dont les interstices avaient été bouchés avec de l'herbe sèche et du papier froissé. Il resta immobile à écouter des voix d'enfants, l'une questionnait avec insistance dans un registre aigu, la seconde répondait patiemment sur un ton un peu plus grave et la troisième fusait en exclamations sonores et rires harmonieux. Il tapa dans ses mains un rythme syncopé, les voix se turent; à l'entrée de la hutte, trois visages se montrèrent, couronnés d'épis, de graminées et de fleurs sauvages et qu'on aurait dit prêts sous leur parure dionysiaque à célébrer l'été. Un à un, à quatre pattes, les garçons le rejoignirent et le dévisagèrent gravement.

— Moi, je suis Balthazar, le blond, c'est Melchior et le plus petit, Gaspard. Melchior, c'est mon frère, Gaspard, c'est mon cousin. Tu veux rentrer dans notre cabane ?

Balthazar, l'aîné lui en fit les honneurs. Ils y avaient engrangé les trésors amassés au hasard de leurs promenades, fragments de fossiles, bois morts aux formes monstrueuses, insectes dans des vivariums improvisés et toute une collection fantaisiste d'objets inutilisables. Alors que Simon examinait deux minuscules scorpions prisonniers d'un bocal, Gaspard lui demanda :

— Comment tu t'appelles ? Tu nous regardes et tu ne nous dis rien, pourquoi ?

La question était posée, il fallait bien qu'elle le fût ici et que sa réponse laissât Simon serein bien que désespéré.

Il s'assit face aux enfants et fit signe à l'aîné de s'approcher. Il sortit le carnet et le stylo qui maintenant ne le quittaient plus et s'appliqua à écrire tandis que Balthazar lisait à haute voix au-dessus de son épaule.

« Bonjour les rois mages ! Je m'appelle Simon. Je ne peux plus parler depuis deux mois. Ma voix reviendra peut-être bientôt. Je vais rester quelques semaines chez votre grand'mère pour me reposer. »

Les deux plus jeunes garçons avaient écouté la lecture de leur aîné et leur regard s'attachait au cou de Simon où une cicatrice était encore visible. Pour montrer le peu d'importance qu'il accordait à l'incident, il fit claquer gaiement ses doigts près de leur visage.

— C'est embêtant de ne pas pouvoir parler, constata Melchior.

— Je te crois, dit Balthazar, tu es le plus bavard d'une famille de bavards, grand-père parle aussi longtemps qu'il trouve quelqu'un pour l'écouter, maman discute toute la journée, grand'mère parfois parle seule. Moi, je peux me taire au moins pendant une heure quand je lis ou quand je fais mes devoirs.

— Moi aussi, cria Gaspard.

Ses cousins s'entendirent pour le taquiner, oubliant la présence de Simon. Il avait vite découvert que l'impuissance à communiquer le bannissait de toute vie sociale. La compassion des autres n'y pouvait rien, il se sentait exclu, rejeté. Le recours au carnet n'était qu'un palliatif ; y noter tout ce qu'il aurait souhaité exprimer s'avérait dérisoire, l'écriture réduisant tout échange à la futilité et la vacuité car seul pouvait être écrit ce qui touchait au quotidien de la vie. Mais ne parlant plus et communiquant peu, Simon écoutait mieux.

Les enfants n'avaient pas abandonné le thème de la parole et jugeaient maintenant de celui qui parlait le plus fort, le plus vite, qui avait l'accent le plus marqué ou le défaut de prononciation le plus amusant. Ils jouèrent ensuite à créer des mots et la hutte résonna d'un fracas de syllabes cocasses et malsonnantes entrecoupées de rires aigus, Simon se boucha les oreilles.

— Tu nous entends, s'exclama Melchior, tu es sûr que tu ne peux pas parler, rien qu'un tout petit peu ?

Il hésita puis ses lèvres formèrent la phrase : « Tu entends bien que je ne peux pas parler! » tandis que de son larynx paralysé sortait un raclement profond aussi effrayant à émettre qu'à entendre. Les enfants ne riaient plus et le plus jeune lui prit la main en disant :

— Tu as raison de ne plus parler, on dirait un lion malade. Viens, on va se promener.

Au sortir de la pinède, ils arrivèrent sur la rive d'un riou cailouteux où quelques filets d'eau glissaient sur les galets de flaque en flaque. Les garçons commencèrent à jeter des pierres qui faisaient fuir de petits serpents. A leur suite Simon traversa. Sur le versant qu'ils abordaient, une centaine de moutons se regroupaient, harcelés par un chien noir.

— Pierre ! crièrent les enfants qui s'élancèrent sur la pente pour rejoindre le berger invisible. Simon les laissa prendre de l'avance et regarda s'éloigner dans la garrigue les trois couronnes que la course chavirait et dont les épis et les fleurs sauvages oscillaient parmi les buissons épineux et les chênes nains.

La silhouette trapue qui apparut brusquement sur un rocher en surplomb portait tous les attributs du berger, le chapeau à large bord, la musette rebondie et le grand bâton. Les enfants le rejoignirent. Ensemble, ils gravirent la pente à la tête du troupeau et disparurent derrière un éperon rocheux.

Le tilleul

Simon revint sur ses pas. Une bête roucoulait dans les herbes sèches près d'une touffe de genêt. Il crut y découvrir un oiseau mais ce n'était qu'une petite chatte noire, couchée sur le flanc, dont les yeux jaunes clignaient amicalement. Elle lui offrait son ventre doux, Simon la caressa et la prit dans ses bras, son corps dense était chaud et odorant. Il dut la serrer trop fort contre lui car elle se débattit, échappa à son étreinte et s'enfuit, la queue en arc et les oreilles baissées. En traversant la pinède, Simon entendit décroître sa plainte sauvage de chatte amoureuse.

Comme la veille au soir, la maison semblait déserte, une voiture blanche était garée le long de la haie de thuyas. Seule dans la cuisine, Elise s'affairait.

— Avez-vous ...? Elle laissa sa question en suspens, se rappelant qu'elle ne pouvait y attendre de réponse et lui jeta un regard désolé. Simon la réconforta d'un sourire et nota sur son carnet les rencontres de la matinée.

— Gaspard, Melchior et Balthazar, en effet pourquoi pas ! s'exclama-t-elle. Hier, j'ai aidé mes petits-fils à tresser des couronnes et leur imagination a fait le reste, les voici Rois mages en plein été ! En réalité, ils s'appellent Jean, Mathieu et Luc.

Elise continuait à préparer le repas. Sous ses doigts que le couteau effilé rasait, les oignons se réduisaient en minces rondelles, les carottes et les courgettes en bâtonnets étroits, ses gestes étaient précis, efficaces ; elle ralentissait la cuisson du riz, enfournait un flan aux abricots, garnissait de vaisselle un grand plateau. En dépit de sa corpulence, elle se mouvait avec souplesse et virevoltait du réfrigérateur à l'évier tandis que son visage s'empourprait et qu'une mèche échappée de son chignon lâche lui balayait le nez. Elle n'en parlait pas moins, soucieuse, on aurait dit, de préparer Simon à la rencontre de sa famille.

— Ainsi vous avez vu les garçons. Jean et Mathieu sont frères, ce sont les enfants de mon aînée, Gertrude. Luc est le fils d'Amiel, ma cadette. L'été les réunit tous ici. Amiel y trouve son point d'ancrage quand elle ne peut accompagner son mari qui organise des voyages au Sahara et au Sahel. Quant à Gertrude, elle vient chercher près de nous le repos : ses charges professionnelles et familiales sont lourdes, elle est institutrice et élève seule ses deux enfants.

Simon accompagnait Elise dans ses allées et venues entre la cuisine et le tilleul. La table fut mise avec beaucoup de soin pour un simple repas familial. Elise en jugea l'ordonnance, un pli vertical au front.

— Il manque quelques fleurs, murmura-telle en se dirigeant vers le verger. Il attendit son retour avec impatience, s'inquiétant de devoir affronter sans sa médiation les hôtes de la maison. Elle revint enfin avec un bouquet de bleuets et de chardons dont les couleurs s'harmonisaient avec celles de la faïence.

Ayant ainsi placé la touche ultime qui répondait à son souci de perfection, elle agita à plusieurs reprises une cloche dont le son grêle s'envola vers les aîtres de la maison et la pinède proche.

Ceux que Simon ne pourrait jamais appeler autrement que les rois mages arrivèrent les premiers, découronnés, les mains et le visage rafraîchis. Tandis qu'ils entouraient leur grand'mère, trois personnes sortirent de la véranda. L'homme qui s'avançait à pas pressés semblait plus jeune qu'Elise, sa mise soignée contrastait avec celle de ses filles. La première portait une longue robe noire froissée, la seconde dont la ressemblance avec Elise était très marquée - c'était la même robustesse un peu boulotte - exposait ses rondeurs dans un maillot de bain réduit. Tous trois saluèrent Simon et sans doute gênés par son silence, ne se présentèrent pas. Il essaya de deviner leur identité et décida que Gertrude était la jeune femme dévêtue, au visage rond et placide qu'un lent sourire éveillait parfois et il reporta toute son attention sur sa sœur. Au premier regard, il l'avait crue laide, il la découvrait, attirante, peut-être inoubliable.

Simon garda du premier repas partagé avec ses hôtes une impression d'irréalité comme si pénétrant par effraction dans l'intimité d'une famille, tel Asmodée, il en surprenait les conversations, en épiait les relations, les comportements, les manies. Seule, Elise était attentive à sa présence et s'intéressait à lui au même titre qu'à ses petits-enfants, souriant, les servant, veillant à leur confort. Son mari parlait et il était bien difficile de savoir qui l'écoutait. Il stigmatisait les médias qui réduisent toutes les informations à la dimension du fait-divers, ne retenant sans hiérarchie, ni recentrage, ni analyse que celles dont l'impact émotionnel est garanti. Il parla d'une enquête sur la famine au Sahel suivi sans transition par un court documentaire sur les hauts-lieux de la gastronomie française. Puis s'adressant à Simon, il parla de son engagement associatif.

— Difficile de s'en remettre aux décisions des politiques soumis à des pressions financières, économiques, à l'intérêt de leurs coteries qui doivent faire face à des enjeux qui les dépassent et dont ils ne savent pas prévoir les effets. Les contrer, les déborder par la base par tous les moyens et quelles qu'en soient les conséquences, c'est là le sens de notre action.

Charles enfin se tut. Il semblait qu'il attendait une contradiction ou une approbation pour poursuivre son monologue. Sauf Gertrude dont deux brèves interventions avaient permis que s'établisse un semblant d'échange, la famille était restée silencieuse. Simon partageait son attention entre ses hôtes, écoutant l'un, observant les autres. Amiel dont il croisa le regard, porta l'index à ses lèvres pour attirer son attention et Simon essaya de comprendre le message silencieux qu'elle essayait de lui faire passer dans une articulation forcée qui déformait sa bouche. Les enfants qu'on aurait dits subjugués par la parole de leur grand-père en avaient oublié de manger et Elise les menaçait de punitions fantaisistes s'ils ne terminaient pas leur salade ou leur dessert. Amiel avait retrouvé sa voix pour réclamer le vin dont elle se versait de pleins verres. C'était un rosé un peu gris, léger et traître. Sa fraîcheur et son bouquet exaltait le goût de chaque plat, cependant Simon le remplaça vite par de l'eau, sentant sa tête s'éblouir et ses joues s'enfiévrer. A la fin du repas, Elise pressa doucement le bras de sa fille et mit la carafe hors de sa portée. Amiel donna une tape légère sur la main qui lui transmettait un message de modération. Cette scène avait échappé aux enfants occupés à plier leur serviette en bonnet d'évêque et à leur grand-père parti préparer le café qu'il était seul à prendre.

A travers la frange trop longue, les yeux dorés d'Amiel avaient une fixité presque animale, et sous leur regard pesant, Simon rougit de sa trop évidente indiscrétion.

— Je croyais bêtement que vous saviez lire sur les lèvres, « prêchi-prêcha », c'est ce que vous pensiez en écoutant mon père, oui son prêchi-prêcha, c'est ce que nous supportons quotidiennement. Quelle idée a eu votre sœur de vous mettre au repos, en convalescence, chez nous ! La famille est plutôt fatigante, discussions, disputes, vous ne manquerez pas de sujets d'études, vous qui semblez si curieux. Croyez-vous que c'est ici le lieu pour la rééducation de votre larynx et la reprise de votre travail de…

— Amiel, ça suffit, cria presque Gertrude.

Avec un geste de regret, Amiel se leva. Très droite, elle traversa la cour à pas mesurés, masquant d'une majesté théâtrale les signes de son ébriété.

— Voilà, soupira Gertrude, c'est tout Amiel, elle va passer l'après-midi à regretter sa sortie idiote et elle vous tombera dans les bras ce soir avec des larmes de repentir. Ses excès font beaucoup de mal à maman, ne lui en parlez pas.

Et comment pourrais-je le faire ? pensa Simon.

Il regagna sa chambre avec la volonté de rentrer au plus vite chez lui quel que soit l'inconfort qui l'y attendait. Sous la porte, on avait glissé une feuille de papier. C'était un dessin signé Luc, le plus jeune des rois mages. En dépit du trait maladroit, Simon reconnut sa silhouette dressée sur un fond de montagnes aiguës comme des poignards. Un foulard noir ceignait son cou et de sa bouche immense montait vers le ciel une bulle dans laquelle Luc avait écrit tous les mots qu'il avait appris. Leur graphie en lettres capitales débordait la page et figurait un appel ou un cri.

Simon s'allongea, sentant céder son angoisse et décroître sa colère.

Les Landes

Simon avait rencontré Elise à l'aube. Jamais encore il n'avait été si matinal, dès cinq heures, une fin de nuit sans repos, étouffante l'avait jeté hors de la chambre vers la fraîcheur et la promesse du jour. Elle lui proposa de l'accompagner. Il sentit une certaine réticence dans sa voix mais ses yeux bruns n'étaient que bienveillance, compassion et il accepta. Elle désigna une crête sombre et précisa qu'il s'agissait d'une longue marche à la rencontre du soleil. Il saisit le sac qu'elle portait en bandoulière et ils avancèrent à travers le champ. L'air était tiède, sans parfum, les oiseaux et les insectes se taisaient, le crissement rythmé des éteules sous leurs pieds grignotait le silence. Elise ne parlait pas, la musique habitait Simon.

Pendant une demi-heure sur le seuil de sa chambre, accompagné d'un piano idéal, il avait étudié une partition de Schubert en forçant l'articulation de chaque mot qui se perdait dans un faible chuchotement. Cet exercice auquel il s'adonnait tous les jours l'épuisait. Il inspirait profondément, prolon-geait l'expiration qui portait le poème et la musique. Sa voix n'était que silence. Cependant, il l'imaginait, retenue et assombrie, se plier docile à la moindre de ses intentions expressives pour donner au lied sa simplicité désespérée.

Simon buta sur une pierre et perdit Schubert. Elise lui demanda s'il ne souhaitait pas rentrer, il prit son carnet, y jeta quelques mots qu'elle lut au-dessus de son épaule.

— Je connais mal les lieder du « Voyage d'hiver ». Rien n'est plus sombre, je crois, dans l'œuvre de Schubert. Oubliez-les ce matin et venez avec moi, je veux vous offrir l'aurore.

Il aurait aimé lui dire le chemin obscur, marqué de souvenirs désolés et de signes funestes qu'au long des vingt-quatre lieder, il voulait parcourir jusqu'à son terme « le Joueur de vielle » dont la triste ritournelle, chant de solitude, de résignation et de mort, se perdait dans l'air glacé. Ce chemin-là lui était plus facile à imaginer et à suivre qu'une marche heureuse vers le soleil... Mais Elise prit son bras et lui sourit :

— Pressons-nous si nous ne voulons pas être en retard à notre rendez-vous avec le soleil.

Après avoir traversé un bois de chênes, ils atteignirent la crête en même temps que le soleil. Ils se retournèrent vers *Dense l'ombre* encore visible. Elise sortit une bouteille Thermos et ils s'assirent pour partager un gobelet de café. L'ombre virait au bleu, les reliefs les plus lointains s'ensoleillèrent et de colline en colline, la lumière gagna la maison qui s'éclaira, rose contre les cyprès noirs. La brise se leva apportant l'écho d'une sonnaille solitaire sur le plateau.

Foulant le thym et la lavande, ils marchèrent encore quelque temps dans un terrain difficile où les crêtes nues succédaient aux vallons secs. Un peu plus loin la végétation se densifiait, à la garrigue claire succédaient de hauts pins noirs très serrés, ils allaient vers on ne sait quel monde sauvage. Mais alors qu'ils atteignaient le replat de la dernière colline, un large paysage se découvrit, offrant à leurs yeux la quintessence du haut-pays. C'était un cirque ouvert limité à l'est par une barrière de monts austères et par un rocher pâle, à l'ouest par des reliefs dont la lumière sculptait les plans successifs. Au flanc sud de la pente qu'ils venaient de gravir s'épaulaient plusieurs bâtisses très anciennes et plus bas, un petit champ de lavandins traçait jusqu'à une source ses lignes bleues. Aucune sauvagerie dans ce lieu isolé mais une douceur quasi magique. Simon comprit qu'ils étaient arrivés.

A l'ombre d'un mûrier, une femme se reposait. Elle se leva avec vivacité et s'avança vers eux, un sourire rendait l'éclat de la jeunesse à son visage que la fatigue et la brutalité du soleil avaient durement marqué.

— Un grand abrazo Elise et à vous, inconnu, la bienvenue.

Elle prit la main de Simon entre les siennes tandis qu'Elise le présentait brièvement.

Ils marchèrent autour de la maison, bastide traditionnelle vouée à la vie pastorale et autarcique dont subsistaient encore les vestiges : des bergeries vides, une forge désaffectée, une charrette aux ridelles cassées et un four à pain couvert d'une treille. Ces lieux désertés, ces objets inutilisés n'incitaient pas à la tristesse ; entretenus et fleuris, ils portaient le témoignage d'une vie révolue, ils étaient musée plutôt que ruines. La maison présentait la même décrépitude soignée et sa fraîcheur vive surprenait.

— Voici les épices et le thé. Je vous ai aussi apporté deux hebdomadaires de la semaine dernière, un litre d'huile de ma réserve et le dernier roman de Jean Echenoz.

Les deux femmes s'assirent sur une banquette paillée. Simon s'éloigna, se rappelant l'invitation un peu réticente d'Elise et préférant la laisser seule avec son amie, elles commençaient à échanger les informations mineures qui, dans une communauté isolée, ont toujours leur importance. Dans les pins, un insecte s'essayait à un crissement rythmé. Il marcha le long du champ de lavandins jusqu'à la source. Du tuyau rouillé qui la captait coulait un filet d'eau dont le ruissellement capricieux était apaisant. Il s'assit sur le bassin de pierre, le dos appuyé à un arbre et suivit des yeux la trace verte et frémissante qui se perdait plus bas dans un bouquet de roseaux.

Elise l'appela. Ils quittèrent Mathilde, chargés d'œufs et de fromages de chèvre. En haut de la colline, ils se retournèrent vers la maison, la géométrie compliquée de ses toits clairs, la flaque bleue des lavandins et la lisière proche du bois. Un petit rapace lançait un cri triste et harmonieux.

— J'étais certaine que vous aimeriez cet endroit. Vous connaissez le chemin, retournez-y quand vous voulez. Mathilde est une femme étonnante, vous savez. Elle a acheté les Landes il y a une quinzaine d'années pour une somme dérisoire sans doute car la propriété était en vente depuis longtemps et ne trouvait pas d'acquéreur. Elle n'était traversée que par des chasseurs et des cueilleurs de champignons. Quand des touristes égarés dans les hautes terres la découvraient, ils s'extasiaient sur son site incomparable, supputaient le coût sa restauration, déploraient le défaut de chemin carrossable et s'en retournaient du rêve dans les yeux et des raisons plein la tête. Mathilde s'y est emmurée dans la solitude par orgueil, affrontant ce qui pouvait être pour elle un Annapurna : une bâtisse vétuste dans une campagne désertée, une terre desséchée, brûlée par le soleil qui deux mois par an se fait africain. Elle a rompu son corps aux travaux les plus rudes avec détermination. Enfin elle a obtenu l'aide d'un marginal encore jeune qui vit dans une yourte près d'un village abandonné et s'emploie ici et là comme journalier pour la cueillette des pommes, la garde occasionnelle d'un troupeau ou comme manœuvre. Il a débroussaillé la garrigue, curé la source, consolidé les murets et sauvé la maison.

Elise essoufflée fit une pause et s'assit sur un rocher.

— On ne s'est pas privé de plaisanter sur leur relation étrange. Quelle qu'elle soit, personne n'a à en juger et moi moins que tout autre, ils en tirent l'un et l'autre un grand bénéfice, un soutien pour Mathilde et un revenu supplémentaire pour Pavel. Enfin je crois… Il a sorti les Landes du chaos et assuré son entretien. Mathilde n'a plus rien à se prouver. Elle a réalisé dans sa solitude l'alliance de la sérénité et peut-être du renoncement. Elle m'offre le modèle d'un âge accepté et vécu sans faiblesse et sans masque.

D'un revers de main, Elise chassa des gouttes de sueur sur son front. Ils laissaient derrière eux la touffeur du bois de pins bruissant d'insectes et entamaient la traversée du champ moissonné. Le soleil brûlait. En marchant lentement dans les chaumes qui lui égratignaient les chevilles, Elise poursuivit l'histoire de Mathilde.

— Nous nous voyons souvent. En été, il ne se passe pas de semaine sans que je monte aux Landes, le plus souvent à pied, parfois en voiture - il y a une mauvaise piste qui contourne la colline, elle est impraticable par temps de pluie. Je ne sais rien de son passé sinon qu'elle a vécu au Mexique, ce sont des amis mexicains avec qui elle était en vacances à Barcelonnette qui lui ont fait connaître la région. Connaissez- vous l'histoire des Barcelonnettes ? Originaires de l'Ubaye, ils ont émigré dans le courant du 19ème siècle au Mexique où de colporteurs, ils sont devenus négociants. Leurs nombreux descendants ont fait fortune dans le textile et le commerce. Ils ont conservé des liens étroits avec leur pays d'origine, y faisant construire des résidences fastueuses et des tombeaux ostentatoires à la mesure de leur réussite. Je crois que Mathilde a perdu son mari ou compagnon au Mexique. Elle a une fille qui vient la voir de temps en temps.

Une nouvelle fois, Elise s'arrêta, face à la brise qui se levait. La maison était proche, on pouvait apercevoir Gertrude qui se balançait dans un hamac tendu entre deux arbres.

Du regard, Simon invita Elise à poursuivre.

— Oui, sa fille, Clara qui voyage au Népal, au Guatemala, d'ashram en tribus indiennes. Philosophies orientales et pratiques magiques, elle aura tout étudié, tout expérimenté. C'est la grande prêtresse de la réconciliation de l'homme avec lui-même et avec la nature. Tout un programme, vous voyez ! Pour financer en partie ses voyages, elle reçoit, à la ville dans une petite officine, ceux qui ont besoin de soulagement à leurs douleurs physiques ou morales. Mathilde n'en parle jamais et je me demande comment elle, si rationnelle et si cultivée, accepte l'extravagant commerce de sa fille. Clara est aux Landes depuis deux mois mais on ne la voit jamais, quand elle ne « consulte » pas en ville, elle lit, médite ou se promène, je suppose. En tous cas, elle fuit les rares visiteurs qui se présentent.

Les enfants venaient à leur rencontre, portant un cerf-volant dont la longue queue s'embarrassait dans les chaumes. Simon les aida à le lancer. Ignorant l'ardeur du soleil, ils couraient à travers le champ. Quand enfin se présenta un courant ascendant, ils le regardèrent monter dans le ciel tel un grand point d'interrogation.

Les œufs

La permanence du soleil, l'identité des jours firent de la première semaine chez les Brémand le temps du repos et de l'attente. La mutité le tenait en marge de la famille. Chacun avait ses occupations : Charles vivait dans le bureau entre son téléphone et ses dossiers, Elise s'absorbait dans d'interminables tâches domestiques, Gertrude et Amiel prenaient des vacances à leur manière, l'une chargeant chaque instant de plaisir égoïste, l'autre tissant ses journées d'ennui maussade. Les repas les réunissaient sous le tilleul dans la même ambiance un peu lourde en dépit du chant continu des insectes et de la douceur de la brise.

Les rois mages menaient une vie autonome et aventureuse dans les collines et au bord du riou. Simon y participait au hasard de leurs rencontres, c'était alors l'exploration d'un terrier, la création de jardinets éphémères ou la garde du troupeau avec Pierre. Leurs relations étaient simples, sans malentendu possible. Privé de la parole, Simon avait perdu son statut d'adulte et comme les deux cadets, il suivait Jean que son imagination et sa maturité rendaient maître des jeux. Les rois mages rendaient à Simon sa jeunesse. Ce matin-là, Jean avait décidé d'enrichir ses collections et les avait entraînés jusqu'à une maison en ruines où ils avaient remué des pierres et des gravats à la recherche de tuiles anciennes marquées de poinçons différents. La récolte avait été décevante et ils rentraient à la maison suants et poussiéreux.

— Allez vite prendre une douche, les enfants, je vous emmène au marché. Simon, voulez-vous nous accompagner ? Vous pourrez visiter la ville.

Simon s'assit à côté de Gertrude tandis que les garçons se bousculaient sur la banquette arrière. Sortis de la petite route qui traversait le plateau, ils furent pris dans une circulation difficile. Le marché occupait une bonne partie de la ville, il s'étendait des placettes paisibles à la rue principale où stagnait le flot ininterrompu des voitures. Gertrude conseilla à Simon un itinéraire à travers les anciens quartiers vers la forteresse qui dominait la rivière et s'éloigna à la recherche de shorts et d'espadrilles pour les enfants. Il flâna d'éventaire en éventaire. C'était un marché banal où les produits locaux étaient rares et la friperie envahissante. Un jeune garçon lui tendit un prospectus, des lettres violettes sur fond jaune y promettaient la connaissance de l'avenir, la guérison des maladies et le retour des affections perdues, en clair tout ce que Simon souhaitait ! Il froissa le papier et le mit dans sa poche. Il interrompit sa flânerie entre les étals et se dirigea vers l'escalier qui permettait de gagner sans détour la ville haute. Il arriva sur une petite place déserte. Les maisons qui la cernaient la maintenaient dans une ombre humide entretenue par la gorgone joufflue qui crachait sa gerbe d'eau dans une vasque verdie. Près de la vieille fontaine, une porte entre -baillée portait une plaque grossièrement gravée : CLARA Magnétisme - Voyance - Rez-de-chaussée. Simon n'hésita pas et s'enfonça dans un couloir malodorant. La porte qu'il poussa après y avoir frappé plusieurs fois ouvrait sur ce qui pouvait être une salle d'attente. Accroché au mur un christ en argent étendait ses bras obliques et torturés sur une croix cloutée de pierres semi-précieuse, avec trois chaises dépaillées, c'était là tout l'aménagement de la pièce. Il s'approcha du crucifié. Le visage écrasé contre son épaule, la bouche béante hurlant son agonie, les poings serrés autour des clous, le corps ployé sur ses pieds déchirés, la victime de l'homme se refusait à l'homme. Cette crucifixion était un déni de foi.

— Bonjour, voulez- vous me suivre ?

Elle était entrée sans bruit ; depuis quand l'observait-elle ?

Assise face à lui dans un bureau exigu encombré de livres et de plantes séchées, elle poursuivait son examen, concentrant son attention sur les yeux et la bouche de Simon.

— Détendez-vous et donnez-moi vos mains... Non, rassurez-vous, je ne pratique pas la chiromancie. J'ai simplement besoin de vous toucher pour vous connaître et vous comprendre... Vous venez de *Dense l'ombre*.

Ce n'était pas une question mais une affirmation. Ses mains étaient petites, d'une matière douce et fondante ; Simon les sentait palpiter dans les siennes comme si elles étaient animées d'une vie propre

— Vous vous rendez malheureux par défaut d'espoir et de confiance. Vous n'êtes plus malade. Vous avez subi une opération bénigne. Normalement elle aurait dû être sans suites mais vous vous êtes réveillé aphone. Un nerf a été lésé. Avec le temps, il devrait se régénérer. Vous êtes musicien et la voix est votre instrument. Vous avez dû interrompre vos études et renoncer à la préparation d'un concours de chant très important pour votre carrière... Voilà ce que j'ai appris par une très involontaire indiscrétion. Aux Landes, ma chambre communique avec la salle où ma mère recevait Elise et je n'ai pu faire autrement que surprendre leur conversation. Elise avait besoin d'expliquer votre présence, elle sait à quel point nous sommes sauvages et c'était la première fois qu'elle amenait un étranger chez nous. Maintenant qu'attendez-vous de moi ?

Son intervention avait été habile et Simon avait failli s'y laisser prendre. Ses mains dans celles de Clara étaient sans force, presque engourdies et il dut faire un effort pour les libérer.

Il la regarda et l'imagina jouant la pythonisse et la guérisseuse auprès des habitants de la ville, des paysans et des bergers des collines. Elle s'était gardée du folklore dont s'entoure souvent la profession et n'étaient-ce les grands bocaux étiquetés contenant des simples, son bureau ressemblait à une salle d'étude mal tenue. Cependant, vêtue d'une blouse sombre, de celles qui sont vendues sur le marché, les cheveux sévèrement nattés et les mains nues, Clara avec ses yeux obliques, son regard intense et son visage brun, impassible, en imposait. Il ne pouvait lui tenir rigueur de sa demi- supercherie, il tira sa chaise près d'elle et commença difficilement à chuchoter :

— Ce que j'attends maintenant de vous ? Rien d'autre qu'une écoute attentive : je n'en peux plus des discours évasifs et contradictoires des médecins, je veux retrouver ma voix. J'ai renoncé aux calmants, je me suis écarté de ceux qui m'aimaient pour me réfugier chez des étrangers ; ils ne m'éreintent pas, eux, de leur sollicitude inquiète. Je pensais pouvoir me reposer, travailler et attendre ... Aujourd'hui rien ne va plus !

Clara se leva et passa derrière lui. Ses mains entourèrent le cou de Simon en un collier étroit et chaud. Il sentait la pulpe douce de ses doigts presser sa pomme d'Adam et un bien-être inavouable l'inonda. Il se dégagea sans brutalité et sortit son carnet sur lequel il écrivit : « Cessez, je n'y crois pas ».

— Vous avez sans doute raison, votre guérison est une affaire personnelle. Pour l'obtenir, vous devez la vouloir, chaque minute de chaque journée. Imaginez-vous sur une scène en train d'interpréter un rôle précis, plantez les décors, choisissez le chef et les autres chanteurs. Regardez-vous, observez votre mimique, vos gestes, vos déplacements. Ecoutez-vous, votre voix est ample, flexible, sa tessiture est étendue et son timbre unique. Prenez conscience du contrôle de votre souffle, de la position de votre corps commandés par le chant... Exercez ainsi votre imaginaire sur chacune des interprétations que vous espérez donner et ne renoncez jamais.

N'était-ce pas ce à quoi il s'efforçait chaque matin au pied de la colline ? Clara lui conseillait-elle de poursuivre son travail et de s'en remettre au destin - ce qui était la sagesse même - ou lui transmettait-elle un message dont le sens lui échappait entièrement ? Comment croire que la volonté et l'imagination aient une incidence sur l'avenir ?

Ils se regardaient. Clara n'était qu'une petite femme sans âge, au visage flétri et dont la blouse mal taillée baillait. Simon avait assez perdu de temps, Gertrude et les enfants devaient s'impatienter, il se leva.

— Attendez - elle sortit d'un tiroir une corbeille d'œufs - choisissez-en deux.

Elle cassa le premier dans une petite assiette ; c'était un bel œuf, très frais. Avec le second, elle effleura le front, la bouche et le cou de Simon. Quand elle brisa sa coquille, il vit glisser sur la masse filante du blanc une boule dont la couleur pourpre était celle du soleil dans son dernier éclat. Il examina les œufs, rien ne les différenciait, même taille, même coquille, même fraîcheur, mais l'un était un œuf ordinaire et l'autre, qu'en était-il de l'autre ?

— Ne partez pas sans espoir, votre guérison est proche. Regardez, vous en avez le signe ici, et Clara pointa son doigt vers la petite assiette.

Simon saisit la corbeille et la vida à ses pieds, les cinq œufs qu'elle contenait répandirent sur les tommettes leur jaune sans mystère ; il crut voir Clara sourire. Après un geste si définitif, il lui était difficile de faire une sortie honorable. Il exprima comme il le put quelque regret en réglant largement la consultation. Clara glissa sans le regarder le billet dans une boîte vide.

Le soleil venait de dépasser les toits, il emplissait la place d'une lumière dure, Simon s'en pénétra pour dissiper les effets de l'inconnu, de l'irrationnel et sans doute de la charlatanerie. Il avait soif, il s'approcha de la fontaine mais un petit écriteau déclarait non potable son eau limpide et murmurante.

La véranda

Simon ne confia à personne sa rencontre avec Clara et la prédiction qui avait conclu ses pratiques magiques. Il y soupçonnait un emprunt à je ne sais quel chamanisme indien, adapté avec astuce aux superstitions locales. Sans bien comprendre ce qui l'avait conduit à entrer chez elle, le désir d'entendre ce qu'il souhaitait être dit, le recours à l'irrationnel pour aider à sa guérison, il avait maintenant honte de l'avoir sollicitée et de s'être exposé à ses étranges manipulations. Il lui fallait oublier la vision répugnante des œufs cassés sur les tommettes ainsi que le contact troublant des mains de Clara sur son cou. Il renonça à la sieste et s'en remit à Schubert, sa musique réduirait à leur dimension infime son désarroi et sa détresse.

Assis dans la véranda entre deux fougères dont le dais de feuillage le protégeait des regards, il écoutait l'andantino d'une des dernières sonates de Schubert. Dès les premières mesures, il le suivit dans sa quête de l'infini, la mélodie s'égrenait avec une souveraine simplicité et son rythme de marche ralentie ouvrait un monde de résignation et de ténèbres. Toutes sensations et réflexions abolies, Simon s'y perdait. Mais sa répétition qu'il voulait inépuisable s'interrompit et le piano commença un discours insistant, heurté, développa sa révolte en un élan violent qui se brisa dans un martèlement tumultueux de notes graves. Et la mélodie reprit, désespérée, impuissante, il l'accompagna jusqu'à ce qu'elle se fonde dans le silence, le néant. Après cela, il n'y avait plus d'autre musique possible. Il arrêta le walkman et libéra ses oreilles du casque. La tête appuyée au dossier du fauteuil, il se referma sur Schubert. Pendant longtemps, l'incompréhension des musiciens et des critiques l'avait fait tenir pour un compositeur mineur et inégal, les interprètes avaient édulcoré ses œuvres, les parant du charme fade d'une musique de salon, les abrégeant même. Schubert, depuis quelques décennies, était enfin rendu à ses frères de souffrance, à ceux qui trouvent refuge dans son œuvre où consument leur sensibilité et leur talent à la servir.

La touffeur tropicale de la véranda commençait à l'incommoder. Des stores épais y entretenaient à la méridienne une pénombre agréable mais retenaient la chaleur qui, avec l'humidité du terreau, devenait oppressante. Il allait se lever quand il entendit les voix d'Elise et d'Amiel dans la cuisine. La porte de la véranda s'ouvrit.

— Ferme cette porte, tu vas faire rentrer la chaleur, dit brièvement Elise.

— Ferme la porte... Fais l'effort de t'habiller... Secoue-toi un peu... Ne reprends pas de vin... Ne mets pas les coudes sur la table et les doigts dans le nez... Jawohl, mein General !

Le ton d'Amiel se voulait bouffon, il était hystérique. La porte ne se ferma pas et un objet se fracassa sur le sol. Dans le silence revenu, une plainte monta, mélodieuse, se rompit dans un sanglot rauque et reprit plus soutenue. Il imagina Amiel, les bras serrés contre sa poitrine, balançant son corps penché pour bercer la douleur au rythme de ses soupirs. Mais pourquoi Amiel plutôt qu'Elise? Il voulait en être certain, il ne se retira pas, il attendit. Des bruits divers lui parvenaient, on ouvrait un robinet, de l'eau coulait, on se mouchait, on sortait la vaisselle du placard. La voix désolée s'était tue.

Maintenant la mère et la fille s'entretenaient calmement. Amiel regrettait son emportement, Elise l'exhortait à la patience et à la confiance.

Au cours des discussions familiales, il avait appris que François, le mari d'Amiel, était absent depuis deux mois. Il avait entrepris, dans le sud saharien une tournée de repérages pour l'organisation de ses prochains circuits touristiques. A cause de la chaleur insupportable en juillet et de certaines rumeurs d'insécurité, Amiel n'avait pu l'accompagner. Les lettres n'arrivaient pas, les appels téléphoniques étaient impossibles et de jour en jour, son anxiété et son impatience étaient plus perceptibles. Chaque matin, la nécessité de mener à son terme une nouvelle journée l'épuisait. Simon ne l'avait jamais vue qu'en gandourah défraîchie, les cheveux ternes, traînant un désœuvrement inquiet de la maison à la terrasse. L'heure du courrier la trouvait vigilante et ranimée. Elle courait sur le chemin à la rencontre de la voiture jaune qu'elle avait repérée de loin et revenait lentement vers la maison, la tête inclinée, les mains chargées de journaux et de prospectus inutiles. Sa déception engendrait parfois au cours des repas de brefs éclats que personne ne relevait - les enfants se tenaient mal, ils chuchotaient entre eux, riaient trop fort, le pain était rassis ou la salade trop assaisonnée, autant de vétilles qu'elle dénonçait avec virulence et mauvaise foi. Pour ne pas rencontrer son regard hostile, Simon suivait sur la table le cheminement des fourmis ou dans le ciel, le vol du petit rapace familier. Mais le plus souvent, elle parlait peu, buvait avec une sombre détermination et ignorait Simon.

Le temps semblait venu de se confier, de partager le fardeau qu'étaient devenus ses jours et ses nuits. Elle racontait à sa mère le rêve qui avait ravagé sa sieste et risquait d'assombrir son humeur pendant longtemps.

— C'est à la maison... Je cherche François, tu m'apprends qu'il vient de partir avec ses sacs de voyage. Il ne m'a pas prévenue, je veux partir avec lui, je cours vers la gare. Je me retrouve sur le quai, le train est encore là, je marche le long des wagons en l'appelant. Le voilà mais il n'est pas seul, deux filles l'accompagnent, genre amazone, tu sais, de celles qui résistent à tout, à la chaleur, au vent de sable, aux nuées de sauterelles ! Ils rient tous les trois en m'apercevant. Tu entends, ils rient ! Et je me vois comme ils me voient, barbouillée du maquillage de la veille, en chemise de nuit sous mon imperméable, les cheveux emmêlés. Oui, je suis cette folle dont ils rient. Je prends mon élan pour les rejoindre mais l'air m'englue. Je tombe à genoux en m'agrippant au marchepied. Le train s'ébranle, il me traîne sur le quai puis sur le ballast. Je peux apercevoir derrière la vitre le visage de François qui me regarde, méprisant, et je sais qu'il dit à ses compagnes :

« Voyez ce qu'elle a encore inventé pour me tourmenter ». La honte et la fureur déferlent en moi et font exploser mon rêve. Depuis mon réveil, je ne peux m'en défaire, il me détruit !

Le récit haletant d'Amiel fut suivi d'un long silence.

— Et comment l'interprètes-tu ? demanda Elise.

— Je sais que ce n'est pas un rêve prémonitoire, c'est la projection de mes doutes et de ma jalousie. N'est-ce pas ce dont tu cherches à me faire parler, la jalousie ! Lorsqu'on est sûr de tenir celui qui est pour soi unique, irremplaçable, comment ne pas être dans la crainte constante de le perdre ? Ne doit-on pas se montrer capable de tout pour le garder ? Je voudrais passer mes jours, attachée à François par des liens invisibles, voir ce qu'il regarde, entendre ce qu'il écoute, absorber l'air qu'il respire. Je voudrais être lui ! Le perdre, c'est perdre mon principe vital. Ne m'exaspère plus en me parlant de patience et de confiance, elles accompagnent un pauvre petit amour de tous les jours, le mien est d'une autre dimension !

— Tu t'aliènes dans cet amour et François n'en demande pas tant ! Ta volonté est abolie, tu es sans initiative, tu as éloigné tes amis pour adopter ceux de ton mari et tu les persécutes de ta jalousie, tu n'es pas suffisamment attentive à ton fils... Enfin, aime, ma fille, une passion comme la tienne compose un souvenir dont on peut se flatter ou...rire. Dans vingt ans, trente ans, plus tôt peut-être, tu ne te rappelleras ta souffrance de jeune femme que pour te dire « ça t'est passé plus vite que tu ne le pensais, ce n'était pas la peine d'en faire tant d'histoires ».

— Ne parle pas de ce que tu ignores. Tu as vécu avec papa un amour petit-bourgeois. Tu as enfermé ta famille dans un cocon sur lequel tous les coups s'amortissaient. Gertrude et moi, nous nous sommes éloignées et tu essaies maintenant d'accaparer nos enfants. Si je te confie souvent mon fils, c'est que tu me le demandes, il pourrait aussi bien nous accompagner. Je sais, les garçons sont heureux près de toi, ta patience, ta disponibilité permanente leur assurent le confort et la sécurité qu'ils ne trouvent pas toujours près de leurs mères.

— Oui, je me veux disponible, dit Elise d'une voix tremblante, mais vous exigez trop de moi et tout dans ma vie devient contrainte. Amiel, je suis fatiguée et certains jours, je sens que je n'ai plus rien à attendre ou à donner.

— Laissons cette discussion sans cesse recommencée. Tu ne peux plus rien pour moi, maman. Mais ne t'inquiète pas, comme on dit, je renaîtrai de mes cendres.

Je retourne dans ma chambre. Et n'oublie pas de fermer la porte de la véranda.

Le ton d'Amiel s'était fait plus léger et Simon entendit comme le bruit d'un baiser.

Troublé par son indiscrétion involontaire - mais l'était-elle vraiment et n'avait-il pas eu maintes fois l'occasion de se retirer -, il s'enfonça dans le fauteuil, ajusta son casque et mit en marche le walkman en pensant à Amiel, à la fois dure et vulnérable, emphatique et touchante comme ces héroïnes qui, à l'avant-scène, échevelées et frémissantes expriment leur passion dans un céleste legato ou des vocalises inspirées. Du beau théâtre !

Une main serra son bras, Elise était près de lui, le visage rougi, les yeux brillants. Un mince filet d'eau coulait du petit arrosoir qu'elle tenait maladroitement.

— Vous n'avez pas fait la sieste ? Depuis quand êtes-vous ici ? Vous devez mourir de chaleur !

Simon se leva et la coiffa du casque. La musique lui parvint et son regard s'adoucit. Elle prit place dans le fauteuil en murmurant : « Le roi des Aulnes ». Simon alla dans la cuisine, se rafraîchit le visage et but à longs traits un grand verre d'eau glacée. Il s'était trompé, ce n'était pas Amiel qui avait pleuré.

Le Roi des Aulnes

Quand Simon ouvrit la porte, une ombre courte touchait les pieds de lavandins qui bordaient le seuil de sa chambre. Des abeilles et des papillons se posaient sur leurs hampes d'un bleu pâli. Dans la pinède, le crissement des insectes attaquait son crescendo quotidien. La matinée était fort avancée, pour la première fois depuis longtemps le sommeil l'avait comblé au-delà de toute mesure.

Un grand bâton à la main, la tête enturbannée d'une chemisette dont les manches leur battaient les joues, les rois mages sortaient du bois. Simon les regarda s'approcher. Des plantes piquantes avaient égratigné leurs bras et leurs jambes, leurs torses graciles brillaient de transpiration. Ils lui parurent soudain vulnérables dans cette nature sauvage, modelée par le soleil et le vent. Mathieu parlait avec animation et s'arrêtait de temps en temps pour agiter son bâton en direction de la colline au-delà de la pinède. Ses cousins le précédaient de quelques pas. Pour une fois les rois mages ne semblaient pas d'accord.

— Tu as fait la grasse matinée, paresseux, lui cria Jean, nous sommes allés au troupeau. Ce n'était pas Pierre qui gardait. Avant-hier, il a glissé sur une pente et il s'est abîmé la cheville. Il devra rester plâtré pendant quinze jours. Nous irons le voir ce soir, tu viendras avec nous.

— Le nouveau berger est très sympa, regarde ce qu'il nous a donné, dit Mathieu. Les trois enfants lui tendirent leur bâton. Les branches rigides et droites avaient été écorcées, débarrassées de leurs nœuds et soigneusement gravées au nom de chacun. Leur recherche et leur préparation avaient dû demander de la patience.

— Il s'appelle Toine et il est jeune comme toi. Nous nous sommes bien amusés avec lui, reprit Mathieu.

— Bien amusés, tu parles ! protesta Jean. Il a voulu jouer à cache-cache sous des touffes de genêts, il nous a bousculés, il nous a énervés. Regarde dans quel état nous sommes ! Je n'irai plus le rejoindre.

— Moi non plus, clama Luc. D'abord il a de vilains dessins sur les bras, ça me fait peur.

— Idiot, dit Mathieu, c'est un tatouage - une femme avec un serpent - pas de quoi avoir peur !

Simon entraîna les enfants vers le tuyau d'arrosage. Ils se déshabillèrent, lançant au loin d'un coup de pied précis, leur short et leurs sandales. Sous le jet éclaboussant leurs jambes poussiéreuses et leur visage congestionné, ils gambadaient, s'ébrouaient et criaient.

Rafraîchis, ruisselants, ils se précipitèrent dans la maison où les exclamations irritées de Gertrude les accueillirent. Simon se doucha à son tour, l'eau qui avait coulé longtemps avait une fraîcheur de source et il en retira un grand bien-être. Il enfila une chemisette sur son short mouillé et s'avança jusqu'à la lisière du champ. Une voix lointaine l'appelait. Il aperçut Elise au milieu des chaumes, sous le vieux chêne que les cultures avaient épargné car sa vigueur séculaire qui projetait haut dans le ciel des branches sombres en avait fait un point géodésique intangible. Il lui répondit par de grands signes et se dépêcha de la rejoindre. Elle venait de chez Mathilde certainement. En se rapprochant, il vit qu'elle était épuisée. Elle avait porté à travers vallons et crêtes un carton à dessins et un panier rempli de légumes et d'œufs.

— J'allais abandonner mon chargement ici quand je vous ai aperçu. La chaleur est insupportable, la brise ne s'est pas levée aujourd'hui. Regardez le ciel.

Des nuages violets pesaient sur les reliefs à l'ouest, et au nord, les collines sèches se perdaient dans une brume sale.

— Je ne suis pas en forme. L'orage qui menace, certainement... J'avais prévu de terminer une étude commencée depuis longtemps. Je dessine et je peins quand j'en ai le loisir - enfin, j'essaie - mais ce matin, je n'étais pas dans de bonnes dispositions. Encore du temps gâché, ce temps si précieux qui m'échappe trop souvent !

Elise soupira. Elle ne se décidait pas à traverser le champ sous le soleil. Du pied, elle éparpillait les feuilles racornies et les herbes sèches et Simon vit que sa cheville gonflée était marquée d'une piqûre où le sang affleurait.

— Laissez, ce n'est rien, un insecte... Simon, qui chantait le Roi des Aulnes que j'écoutais hier ? C'est une interprétation qui effraie.

Elle avait raison. Le texte de Goethe était dramatisé par la chanteuse. Sa voix jouait les trois personnages, elle clamait l'effroi de l'enfant, distillait la perfide séduction du roi des Aulnes, s'approfondissait sur les paroles rassurantes du père et après un crescendo intense, expirait sur le mot à peine chuchoté "Tot". La mort était là, doublement exprimée par l'art du compositeur et de son interprète.

Elise connaissait le poème de Goethe et murmurait :
"Ich liebe dich, mich reitz deine schöne Gestalt ;
Und bist du nicht willig, so brauch ich Gewalt".

Elle confia à Simon que l'audition du lied l'avait bouleversée en rendant évident le sens allégorique de la légende. Elle répétait :
— « Je t'aime ton beau corps m'enchante ;
Si tu ne te laisses pas faire, j'emploie la force. »
— Ce n'est pas seulement l'évocation du rapt de l'enfant, c'est celle de sa confiance trahie, de son innocence bafouée, de son monstrueux calvaire. La souffrance, le dévoiement, la déréliction des enfants, leur souillure morale et physique, tout ce que l'homme inflige à ses enfants témoigne du mal qui le possède et contre lequel il ne peut rien ! Ici on les affame, là, on les dresse à tuer, la kalachnikov à la main, ailleurs, on

les abandonne à la rue dès qu'ils savent marcher puis on les décime comme les chiens enragés qu'ils sont devenus. J'aurais envie de crier :

« impossible, jamais plus » mais il faudrait fermer les yeux et bannir toute information.

L'exaltation d'Elise effraya Simon, il posa sa main sur son bras, elle s'approcha sans le regarder et appuya son front contre lui. Son corps se détendit insensiblement et il en sentit le poids, la moiteur, l'odeur vive et piquante. Il écouta son souffle retrouver un rythme régulier et profond. Il l'enferma dans ses bras et ils restèrent immobiles dans la lumière de midi, comme soudés par les ombres ramassées à leurs pieds. Concentré sur les sensations que leur contact éveillait, Simon n'était plus qu'attente. Elise se dégagea et le repoussa doucement. Son visage avait repris son expression d'habituelle sérénité.

— Merci, vous m'avez remise d'aplomb. Je suis bien faible face au tragique de la vie, j'ai besoin d'un tuteur qui m'infuse sa force. Vous voyez ces cyprès devant la maison, parfois j'enfouis mon visage dans leurs branches odorantes, je les serre à pleins bras, j'y trouve l'apaisement. Vous avez été ce matin le meilleur de mes cyprès !

Sur la chemise de Simon au niveau de l'épaule gauche se dessinait la trace humide - sueur ou larmes - qu'avait laissé le visage d'Elise. Il y passa la main en pensant que le soleil la sècherait vite.

Ils traversèrent le champ en silence, attentifs aux roulements lointains que les collines se renvoyaient interminablement. Les nuages gagnaient sur le ciel bleu qui ne formait plus qu'une coupole réduite au-dessus d'eux. Simultanément, à l'ouest et au nord, des lueurs brutales coururent sur les reliefs ; un vent violent se leva et le bois de pins dont ils approchaient enfla son bruit marin. La pluie les atteignit alors qu'ils arrivaient à la maison. Les gouttes lourdes et espacées creusaient des petits cratères dans la poussière et se pulvérisaient sur leurs bras nus. La famille s'était répartie les différentes tâches que l'imminence de l'orage rendait pressantes. Les enfants rentraient le mobilier de jardin, Gertrude fermait les portes et les fenêtres, Charles ajustait les cadres vitrés de la véranda. Simon resta dehors. Les insectes s'étaient tus. Le paysage se métamorphosait sous une lumière de fin du monde. La colline et la lisière proche du champ avaient disparu, englouties par des bancs de nuages bas. Les éclairs traçaient sur le ciel en tumulte de terrifiantes arborescences. Les vallons et les combes répercutaient et amplifiaient le tonnerre dont le fracas semblait ne jamais s'interrompre.

— Rentrez, lui cria Gertrude, l'averse arrive.

Au-dessus du champ, les nuages crevaient et un mur d'eau progressait vers la maison. De la fenêtre de la cuisine, il le vit fondre sur la véranda tandis que les grandes tuiles rondes de l'auvent commençaient à sonner comme des harpes.

Aquarelles et pastels

Après le repas, l'orage s'apaisa et la pluie continua à tomber, douce et régulière, modifiant les habitudes quotidiennes. Charles proposa une partie d'échecs à Simon qui se révéla piètre joueur et fut mat en une demi-heure. Les enfants étaient attablés devant des devoirs de vacances, l'application leur arrachait de grands soupirs énervés. Simon aida Elise à terminer la vaisselle et l'accompagna au grenier pour vérifier l'étanchéité du toit. Il n'avait pas encore visité la maison, c'était l'occasion de le faire. Les pièces du premier étage, bizarrement distribuées, se succédaient en enfilade, aucun couloir n'en permettant l'accès direct. Ils traversèrent d'abord la chambre des enfants, Elise s'y attarda pour ramasser les pyjamas épars sur le sol et pousser du pied, vers le coffre à jouets, une caravane de petites voitures et de camions militaires. Dans la pièce suivante aux murs tapissés de livres et de dossiers, le bureau de Charles, Amiel, le téléphone à la main, leur tournait le dos et ignora leur passage. Ils arrivèrent enfin dans une salle vaste et peu meublée, atelier d'Elise avec sa table encombrée de crayons, de pinceaux et de palettes mais aussi dortoir occasionnel avec sur le sol des matelas roulés et des couvertures entassées. En son milieu, un escalier hélicoïdal permettait l'accès aux combles. Il aida Elise à soulever et à basculer la trappe. Telle la nef renversée d'un navire, le toit dévoila sa charpente ; d'immenses troncs d'arbres à peine équarris supportaient les poutres massives sur lesquelles reposaient des soliveaux irréguliers. Le large espace protecteur qu'il délimitait au-dessus de la maison, ventilé et mal clos, était le domaine des nocturnes et des fouines dont les déjections maculaient çà et là le sol cimenté. Elise disposait des récipients pour recueillir l'eau filtrant des tuiles disjointes. Le bruit soyeux de la pluie sur le toit était comme le chuchotement de mille voix contenues que ponctuait la chute sonore des gouttes dans les seaux. La trappe remise en place, ils laissèrent le grenier à sa solitude peuplée d'animaux invisibles et à son bruissant mystère.

De l'autre côté de l'atelier, trois chambres étaient le domaine réservé de la famille, ils n'y entrèrent pas. Tandis qu'Elise commençait quelques rangements sur la table, il s'arrêta devant une grande photo accrochée au mur, celle d'une très jeune femme qui tendait vers l'objectif un bouquet de tournesols. La contemplation de certains portraits féminins est un bonheur en soi : l'intensité de l'expression, l'harmonie des traits, l'éclat du sourire ou du regard ne cèdent à aucune analyse et relèvent du miracle. Fragile et provocante, délicate et charnelle, sa beauté intemporelle associait celles d'un ange du Quattrocento et d'une star des années passées : la chevelure soulevée par le vent entourait le visage d'un voile lumineux, entre les pommettes hautes et le menton aigu, les joues gardaient une rondeur d'enfance, tandis que les seins épanouis tendus sous un tissu léger doublaient l'offrande des fleurs. Son regard sombre et grave contrastait avec tant de grâce sensuelle. Simon le reconnut et s'en détourna.

— J'avais dix-huit ans quand Charles a pris cette photo, nous venions de nous rencontrer.

Près de la fenêtre, elle examinait un pastel. La lumière d'orage soulignait la destruction de sa beauté - les joues élargies qui effaçaient la courbe des pommettes et la saillie du menton, la peau flétrie qui brouillait les traits, la chevelure terne. Simon contemplait une femme vieillissante, au corps épaissi, au visage meurtri et dont le regard seul conservait la jeunesse.

— Venez, dit-elle, que pensez- vous de cette étude ? Tout-à-fait ratée, je crois.

Par une porte à moitié voilée d'un rideau orange, c'était une échappée à peine esquissée sur un champ bleuté; au premier plan, à côté d'un bouquet de chardons oubliés, un laurier rose fleurissait le seuil. Ce paysage lumineux était écrasé par une ombre opaque, sabrée de noir qui faisait de l'intérieur de la maison un milieu obscur, presque hostile.

— Je n'ai pas réussi à rendre le contraste. Ce n'est qu'un barbouillage de plus.

Elise rangea le pastel dans un carton à dessin marqué du chiffre 9 et proposa de regarder des œuvres plus anciennes. Elle disposa sur le sol, autour de Simon, une vingtaine d'études et lui tendit un petit projecteur.

— Aucune originalité, murmura Elise. Celle-ci doit tout à Bonnard, celle-là, l'intensité de ses couleurs à Matisse. Qu'ils me pardonnent ! Vous n'allez pas manquer d'y trouver le souvenir des œuvres que j'ai aimées. Si elles vous plaisent, choisissez-en une. A plus tard, Simon.

Longuement, il déplaça le spot de l'une à l'autre, éveillant l'éclat de leurs couleurs. Quoi qu'elle en dise, Elise montrait de l'originalité en travaillant le même sujet au moyen de techniques et de matériaux différents. Ce n'étaient que portes et fenêtres ouvertes sur la table à moitié desservie sous le tilleul, sur des jardins clos et fleuris, sur des bouquets d'automne ou des champs labourés. A la limite du figuratif et de l'abstrait, aquarelles, pastels, gouaches et huiles recréaient le monde paisible et lumineux d'Elise. Simon rangea avec soin ce qu'elle avait confié à son regard et choisit une croisée basse ouverte contre une masse florale d'iris et de genêts dont le jaune ardent et le mauve limpide se mêlaient. Il contempla l'aquarelle longuement jusqu'à ce que ses yeux n'y voient plus que des taches de lumière rayonnant d'un point unique, dans un brouillard de couleurs. La représentation figurative n'était que le support nécessaire à la lumière. Avant de partir, il ouvrit le dernier carton, celui dans lequel Elise avait glissé l'étude terminée ce matin. Les œuvres qu'il contenait portaient une date récente et témoignaient de l'impuissance d'Elise face à une recherche inlassablement poursuivie. Son inspiration semblait tarie et sa sensibilité égarée, le motif tant travaillé devenait ressassement. Chaque œuvre souffrait du même déséquilibre : l'échappée vers la lumière, vers la vie se rétrécissait et l'ombre s'étendait, dense, écrasante.

Simon s'approcha de la fenêtre. Le vent s'était levé, quelques bancs de nuages sombres s'effilochaient sur les reliefs et dans la large trouée bleue qui, du nord, gagnait tout le ciel, des cumulus voguaient, gonflés de lumière.

Le livre

Le vent avait soufflé pendant deux jours, cernant la
maison de rafales furieuses, secouant les huisseries
mal attachées et glissant sous les portes la poussière de
l'été. Sous sa violence coupée de rares accalmies, la pinède grondait, les cyprès s'inclinaient et le tilleul avait
perdu une branche maîtresse. Les voix multiples du
vent s'étaient enfin tues et les insectes transis ne troublaient pas encore le silence retrouvé. Au pied de
l'arbre, Célestin, une tronçonneuse à la main examinait
l'aubier déchiqueté.
— Bonjour. Le vent a fait du beau travail ! Cette bles-
sure, c'est l'entrée à toutes les maladies si elle n'est pas
soignée.
  Simon avait déjà rencontré plusieurs fois le vieux
jardinier qui venait quand il le jugeait bon, aux heures
qui lui convenaient, s'acharnait à la besogne jusqu'à
son accomplissement puis sacrifiait au rite social de la
conversation avant de monter dans une 2CV hors
d'âge. C'était un extraordinaire conteur. Son discours

imagé, rythmé par un bel accent, trouvait l'inspiration dans les catastrophes passées ou à venir - c'étaient des récits d'arbres foudroyés, de récoltes dévastées par des parasites inconnus, de sources polluées et de cueilleurs de champignons perdus dans la montagne. Plus inquiétantes étaient les histoires, plus sa faconde s'enrichissait d'expressions imagées et plus ses yeux brillaient de malice. Simon était l'auditeur exemplaire, son attention et son silence étaient stimulants. Mais ce matin l'état du tilleul préoccupait Célestin qui se dirigea vers la resserre à la recherche d'un produit cicatrisant.

Devant la véranda, une jeune fille sortait des pots de géraniums. Simon ne voyait d'elle que des cheveux roux foncés finement tressés à l'Africaine, de longues jambes dans un bermuda moulant et une taille étroite sous un léger débardeur.

— Avez-vous bien dormi malgré le vent, Simon ?

C'était Amiel, une nouvelle Amiel, méconnaissable. Son étrange beauté se dévoilait parfois quand elle souriait aux enfants ou rêvait, le regard perdu, la joue appuyée contre ses mains jointes, moments fugitifs ou la jeune femme négligée et maussade faisait regretter celle qu'elle aurait pu être et qu'il découvrait maintenant. Il ne devait pas la regarder, il ne fallait pas qu'elle perçoive sa surprise et son émoi.

— Comme d'habitude vous n'avez rien pris. Allons boire un thé.

Dans la cuisine, des fruits, des yaourts et des tartines de miel garnissaient un grand plateau. Amiel avait prévu qu'ils déjeuneraient ensemble. Elle goûta un abricot qu'elle lui tendit.

— Il est délicieux, je vous le donne.

Simon trouvait qu'elle en faisait trop, il sépara le fruit en deux et lui rendit la partie mordue. Sous la frange assagie, le regard doré souriait. Elle prépara le thé. Les larges bracelets d'argent décorés d'émaux seyaient à la finesse orientale de ses poignets ; les tresses, le long de ses joues, donnaient à sa bouche et à ses yeux lourdement maquillés une beauté d'Egypte antique.

Il refusa le pain et les fruits, ayant appris à se contenter, le matin, d'un grand bol de café noir. A jeun, il se concentrait mieux sur les exercices arides et décevants qu'il poursuivait ; la corpulence qui était son handicap le condamnait également à certaines restrictions alimentaires qu'il préférait tenir secrètes. Il n'avait pas envie de faire comprendre cela à Amiel qui avec insistance lui offrait ce qu'elle avait préparé. Il devinait qu'elle tenait à se faire pardonner l'indifférence dans laquelle elle l'avait tenu et les remarques désagréables dont il avait pu souffrir.

— Vous avez meilleure mine qu'à votre arrivée, vous avez bruni. Vos yeux sont - comment dire ? - moins tristes, plus vivants et il vous arrive de sourire. Votre état s'améliore-t-il un peu, Simon ?

Il fit un signe de dénégation. Cet intérêt soudain le blessait, il se leva.

— Tout le monde est parti en ville faire des courses. Nous serons nombreux, ce soir. Hier, mon mari a téléphoné d'Alger, avant de charger la voiture sur le bateau. Il devrait arriver en fin d'après-midi si les formalités de débarquement ne sont pas trop longues. J'espère qu'il m'appellera dès son arrivée en France. Attendre, toujours attendre ! soupira Amiel. Venez, je n'entends plus la tronçonneuse, allons aider Célestin à rentrer le bois, ça nous fera passer le temps.

Il refusa. Il avait l'intention de lire au soleil et prit le livre qu'il avait posé sur la desserte en entrant dans la cuisine. Amiel regarda avec surprise sa couverture illustrée, une mappemonde fissurée écrasant un stylo dont les éclaboussures sanglantes tachaient une page vierge. Ce n'était pas un roman noir mais une œuvre dont la puissance témoignait de l'horreur, du tragique, du dérisoire et de l'amour de la vie. Simon le feuilleta et le tendit ouvert à Amiel. Elle commença la lecture du passage qu'il lui avait indiqué et il s'amusa à en suivre les effets sur son visage. Quand elle parvint au bas de page se terminant par cette phrase : « Votre mère en vaut bien deux comme vous », il lui enleva doucement le livre des mains et souriant le referma. La réaction d'Amiel fut telle qu'il l'escomptait, primaire et violente.

— Qu'est-ce que cette histoire ? Des femmes qui se font trancher la langue par solidarité avec une enfant violée et mutilée et qui, devenues muettes s'expriment comme vous au moyen d'un carnet... Pourquoi m'avoir donné à lire ce passage ? Il est grotesque et son symbolisme m'échappe mais le message est compréhensible : « Votre mère en vaut deux comme vous » ! Il vous permet l'économie d'une page de carnet ! Merci, Simon.

On frappa à la porte, Célestin entra. Il les regarda curieusement avant d'ôter sa casquette et de lisser ses longues mèches grises. Une phalange manquait à son index droit. Cantonnier avant de devenir jardinier, il n'en avait pas moins mené une vie dangereuse si l'on en jugeait aux nombreuses cicatrices qui marquaient son visage et son torse.

— Vous avez raison de vous tenir au frais, le camarade là-haut commence à taper dur, dit-il en s'asseyant.

Amiel posa sur la table trois bouteilles de bière qu'ils burent en silence. Célestin les observait toujours en s'épongeant le front et en soupirant de lassitude. C'est vrai, pensa Simon nous aurions dû l'aider au lieu de nous livrer à cet affrontement inutile. Amiel se calmait, son visage se détendait, elle savourait la bière à petites gorgées gourmandes. Simon continuait à sourire.

— Vous savez que Pierre est tombé dans un ravin l'autre jour. Il a eu du mal à s'en sortir, cette fois. Pauvre, il s'est traîné jusqu'à la bergerie... sur les genoux, je vous dis, et son chien n'en pouvait plus à force d'aboyer pour faire venir du monde. Pierre vieillit, il est comme moi. Les bergers, ici, finissent tous comme ça, ils oublient qu'ils ont des vieilles jambes : un caillou qui roule sur une pente, un faux pas dans le riou et c'est la chute. Et s'ils ne se relèvent pas, allez savoir quand on les trouvera ! Des jeunes bergers, il n'y en a plus, des vrais, j'entends, ceux du pays ! Des étrangers, si, mais ils ne savent pas le travail : les maladies des brebis, la sécheresse, le manque de fourrage en hiver, les mauvais chiens qui mordent les agneaux et pas un jour de congé. Alors, après un an ou deux ils se découragent, ils vendent les bêtes, ils ouvrent des centres équestres. Je suis bien tranquille moi, avec juste deux bras pour travailler. Pierre voulait que je le remplace tant qu'il est plâtré, mais les courses dans les collines, je préfère les réserver à la chasse.

— Il a trouvé quelqu'un ? demanda Amiel.

— Oui. En attendant sa fille qui arrive pour ses congés, il a recruté un particulier qui cherchait du travail après la moisson. C'est un drôle de pistolet. Il connaît le métier, c'est sûr. L'an dernier, il a gardé huit cents bêtes derrière le col où il n'y a que des pierriers et de l'herbe à mouton. On dit qu'il a eu là-haut une vilaine histoire.

Célestin s'arrêta. Voulait-il ménager ses effets ou reculait-il devant l'énormité qu'il était tenté de leur confier ?

— Alors ? Questionna Amiel.

— Oh, une sale affaire avec des campeurs allemands. On dit que pour se venger, ils auraient tenté de le foutre dans un puits. Mais est-ce-que je sais, moi ? On raconte tant de choses. N'empêche que Pierre n'aurait pas dû l'embaucher.

Célestin se leva, remonta la ceinture de son pantalon, boutonna la chemise ouverte sur ses poils gris et coiffa sa casquette.

— Allez, tenez vous au frais et à bientôt, tous les deux.

Le bruit hoquetant de la 2CV décroissait sur le chemin. Célestin n'avait pas perdu son temps, il partait, avec en réserve pour ses prochaines histoires, la colère d'Amiel et le rire silencieux de Simon.

Les Sahariens

Le téléphone sonna. Il allait sortir quand Amiel le
rappela et lui tendit l'écouteur. C'était Espérance. Sans
nouvelles depuis l'arrivée de Simon, elle s'inquiétait de
sa santé et de la date de son retour car elle voulait
prendre des dispositions pour passer quelques jours
chez lui et juger si son état permettait qu'il vive seul.
— Simon est près de moi et il vous écoute, dit Amiel.
— Pourquoi ne m'écris-tu pas ? Tu n'es pas si occupé
ou si malade que tu ne puisses le faire. Comment
passes-tu tes journées ?
Il écarta l'écouteur, Espérance parlait toujours trop
fort et trop longtemps au téléphone.
— Simon poursuit ses exercices de rééducation, il est
encore sans voix. La date de son départ n'est pas fixée,
maman voudrait qu'il prolonge son séjour jusqu'à la fin
du mois pour participer à la petite fête que nous orga-
nisons entre amis.
Il fit non de l'index mais Amiel n'en tint pas compte.

— Oui, c'est cela, il vous écrira aujourd'hui. Il me fait signe qu'il va le faire tout de suite, faute de pouvoir vous parler.

Simon retourna dans sa chambre, la laissant au bavardage d'Espérance et décida de tenir sans délai la promesse qu'Amiel lui avait prêtée. Les brouillons se succédèrent jusqu'à ce qu'une ultime version l'ait satisfait.

Espérance,

« Mon état est stationnaire et aucun signe ne permet encore de prévoir son amélioration... Pourtant, l'impatience et le découragement cèdent peu à peu. Mon infirmité est temporaire, j'en tiens la certitude, je ne te dirai pas de qui, je ne dirai pas pourquoi, tu ne me croirais pas ! Il suffit que tu saches que j'ai repris confiance. Il me faut travailler, encore travailler, en ayant la volonté sans cesse réaffirmée de réussir l'impossible. C'est ce que je fais chaque jour. J'ai commencé l'étude du quatrième chant des « Nuits d'été », je veux l'interpréter avec une expression très contrastée, une violence contenue que je laisserai éclater dans le dernier couplet du lamento. Je te réserve sa première audition, tu en frémiras.

Ce pays est tel que je l'ai aimé à travers mes lectures, lumineux, rude et austère. Depuis dix jours, j'ai tout en excès : la chaleur et le soleil, l'orage et le vent. Ici, rien n'incline à la sérénité, tout appelle à la violence : la démesure est la règle, les passions s'exacerbent et les âmes faibles se corrompent ou se perdent. Cette impression romanesque est renforcée par les histoires que je glane selon les rencontres et par les conversations que, bien malgré moi, je surprends.

L'hospitalité de nos amis n'est pas pesante. Chacun dispose de son temps comme il l'entend, les seuls impératifs sont ceux des repas pris en commun et à heures fixes. Mon insociabilité a cédé au charme des enfants et à la bonté d'Elise. Avec l'élan généreux que tu lui as connu Charles critique et refait le monde. Il s'y emploie toute la journée, ne réservant aux siens qu'un intérêt bienveillant et distrait, il n'a toujours pas retenu mon prénom ! Elise l'assiste et préserve son travail comme elle a dû toujours le faire. Sais-tu qu'Amiel est devenue très belle ?

Je te communiquerai bientôt la date de mon retour. Tu comprends que je n'ai plus besoin d'être materné, ne change donc pas tes projets pour moi et prolonge autant que possible ta cure thermale. »

Simon relut la lettre qui lui parut très rassurante. L'écriture en était ferme ; le désarroi, la faiblesse ne s'y révélaient pas. Sa sœur serait réconfortée et pourrait avec bonheur exercer son imagination sur les points qu'il avait volontairement laissés dans l'ombre. C'étaient vraiment les nouvelles qui convenaient pour la distraire de son inquiétude.

Après la sieste, il voulut poster sa lettre. Il marcha donc jusqu'à une des boîtes que la poste dissémine dans la campagne pour collecter le courrier. Dans un rayon de trois kilomètres autour de la maison, il y en avait deux placées en des endroits insolites et difficiles à trouver, le tronc d'un grand mûrier à la lisière d'un champ et la porte d'une bergerie abandonnée. En dépit de leur aspect désaffecté, on les aurait dit battues par les intempéries depuis des années et colonisées par les oiseaux, Elise avait affirmé qu'elles étaient tout-à-fait fonctionnelles et relevées chaque jour.

Le soleil baissait et la marche était un plaisir. Dans les chaumes, il aperçut le troupeau de Paul. Le berger dont il ne distinguait, à contre-jour, qu'une longue silhouette appuyée sur un bâton ne répondit pas à son salut bien que le chien courût vers lui, il poursuivit son chemin jusqu'au mûrier. Après avoir jeté un coup d'œil méfiant dans la fente de la boîte à lettres et en avoir vu sortir un gros bourdon, il y jeta l'enveloppe et revint sur ses pas.

Il n'avait pas vraiment trompé sa sœur en lui écrivant qu'il allait mieux. Ses pas sur la route étaient légers et il se sentait en paix avec lui-même dans la douceur de l'après-midi finissant. Une lourde voiture le doubla, sa carrosserie était empoussiérée d'ocre, son toit chargé de jerricans et de cantines métalliques. Il escalada le talus et suivit sa lente progression jusqu'au chemin de *Dense l'ombre*. Il coupa à travers champs et gravit la colline au-dessus de la maison. Derrière le bois de pins, il aperçut les toits et une partie de la terrasse. Il s'assit entre deux chênes kermès. Son séjour se terminait, il prévoyait de partir à la fin de la semaine. Il essaierait de revoir Clara et de faire la paix avec Amiel. Il faudrait aussi exprimer à Charles sa gratitude pour son hospitalité et à Elise, son affection reconnaissante et ses regrets de la quitter.

Les allées et venues inhabituelles sur la terrasse avaient cessé, le déchargement de la voiture devait être terminé. Il se redressa. En bas, les enfants sortaient de la pinède et traversaient le riou. Toute la famille les suivait.

— L'oncle François veut se dégourdir les jambes, ne descends pas, on te rejoint, cria Jean.

Portée par le vent, sa voix lui arrivait, faible et claire. Simon les regarda monter vers lui, dispersés sur la pente raide. Amiel fermait la marche à côté d'un homme mince et basané. Elle s'arrêta et s'appuyant sur lui retira un caillou de sa sandale. Ils leur tournaient le dos et s'attardaient à regarder la maison plus bas.

— François, voici Simon, dit Elise.

Attentif à Amiel et à celui qu'il supposait être son mari, Simon avait à peine regardé l'homme qui avait gravi la colline entre Charles et Elise. Dans le visage mal rasé, tanné par le soleil des pistes, ses yeux souriaient comme ceux de Luc, son fils. La fine cicatrice qui tendait sa lèvre supérieure donnait à son sourire une asymétrie attirante. Il serra la main de Simon avec enthousiasme, il était sympathique et sans mystère. Amiel les rejoignait avec son compagnon que François présenta comme le guide et l'ami qui l'avait accompagné dans sa randonnée transsaharienne. Maghli était un touareg du Niger, toute sa personne était marquée d'un exotisme séduisant.

Ils restèrent sur la colline jusqu'à ce que le soleil eût disparu. Charles et Elise s'étaient rapprochés l'un de l'autre ; lui, contemplait à l'est les collines nues sur lesquelles la lumière s'attardait ; elle, guettait au couchant la descente insensible du soleil. Main dans la main, ils s'ignoraient et leurs regards divergents semblaient les arracher l'un à l'autre.

« Im Abendrot » - Dans le rouge du couchant... Et Simon se souvint de la mortelle mélancolie du dernier lied de Richard Strauss.

A travers les peines et les joies
nous avons marché main dans la main

O calme incommensurable du soir,
si profond dans le rouge du couchant !
Comme nous sommes las de marcher !
Est-ce peut-être ceci la mort ?

Les Tifinagh

La présence des Sahariens rompit la routine des jours. Pour comparer et échanger les cadeaux que François leur avait apportés, les rois mages se faisaient casaniers. Amiel, sobre et apaisée, montrait un dynamisme dont Simon ne l'aurait jamais cru capable, elle aidait sa mère et s'occupait des enfants peut-être davantage qu'ils ne l'auraient souhaité. Charles négligeait ses dossiers et s'intéressait avec Gertrude à la dernière expédition de François. Des cartes étaient déployées sous le tilleul et ils suivaient son itinéraire du sud algérien au Niger.

— Tout le monde entend l'appel du désert maintenant. Des Européens de toutes nationalités viennent à Tamanrasset, les nombreuses agences de tourisme qui s'y sont ouvertes répondent à peine à leur demande. Toutes les formules sont exploitées : le raid automobile, la méharée et même l'abandon solitaire sous un abri rocheux pendant une semaine. Je me demande parfois ce que je fais dans cette galère !

— Tu y fais de l'argent, ne te plains pas, répondit Gertrude.

— Ne médisez pas de ceux qui vous font travailler, ajouta Charles. A chacun son désert ! Les baroudeurs y cassent de la mécanique, les risque-tout y trouvent le terrain difficile de leurs exploits, les mystiques, le sens du divin et les esthètes, une beauté brute qui ne doit rien à l'homme !

— Tu oublies les snobs et les voyageurs de routine qui font le Sahara comme ils ont fait le Népal ou la Thaïlande ! intervint Amiel. A vrai dire chacun ne trouve au désert que ce qu'il porte en lui. François, tu ne vas pas abandonner le Sahara ?

— Pas encore ! Bien sûr, je suis désolé quand à chaque voyage, je découvre de nouvelles pollutions - celles qui affectent les hommes sont encore plus regrettables que celles qui dégradent les sites. Mais je ne peux pas renoncer, j'attends d'y être contraint. Je crois que le temps nous est compté là-bas, pour des raisons qu'on veut ignorer aujourd'hui. La terrible sécheresse qui atteint le Sahel risque d'entraîner des troubles autour des puits.

— En attendant ta reconversion, que proposes-tu pour ton prochain voyage ? demanda Gertrude.

— Un programme polyvalent dans lequel chaque participant trouvera ce qu'il cherche comme le dit Charles. Je veux éviter la Transsaharienne et atteindre Tamanrasset par Amguid et le massif de la Téfédest, je passerai ensuite trois jours dans le Tassili du Hoggar et enfin j'essaierai d'aller au Niger. Beaucoup de hors piste donc pour stimuler les amateurs d'aventures. Les temps forts de notre expédition seront trois bivouacs dans le Tassili du Hoggar avec couchers et levers de soleil garantis et l'accueil dans un campement touareg si j'en obtiens l'autorisation. J'offre le risque en prime à mes touristes !

— C'est un projet bien ambitieux, murmura Charles qui avait suivi sur la carte l'itinéraire proposé par François.

— Attendez ! Je n'ai pas fini. J'ai découvert dans le Tassili du Hoggar où les sites sont d'une beauté indescriptible - tenez, voici quelques photos - un endroit où l'acoustique est excellente, j'aimerais le sonoriser le temps d'un bivouac, le transport et l'installation du matériel ne posent pas de problème. Que pensez-vous de cette idée Simon ?

Il regarda les photos que François avait fait circuler, des paysages étranges où de grands blocs rocheux, ruiniformes portaient leur ombre dure sur des dunes dorées ; le silence devait y être unique. Le briser même avec la plus belle des créations humaines lui semblait sacrilège. Il écrivit quelques mots sur son carnet.

— Oui, vous avez raison, lui répondit François, mais que devient le silence quand cinq véhicules tout terrain arrivent et déchargent leur cargaison de touristes bruyants ? J'aimerais au moins une fois y apporter la musique. Alors, quelle œuvre me conseilleriez-vous ?

Simon réfléchissait. Dans ce monde minéral, étranger à l'homme, il fallait introduire le paroxysme des passions humaines, celles d'Otello, de Salomé ou d'Elektra ; Il entendait leurs grandes voix passer sur les dunes, s'enfler, se perdre dans le labyrinthe rocheux et il imaginait le silence revenu effaçant la violence de la vengeance ou de la mort. Il se contenta de proposer quelques œuvres bien connues qui, en fond musical ne troubleraient pas le bivouac.

François se leva, replia les cartes et se dirigea vers sa voiture accompagné de Charles, d'Amiel et de Gertrude. Simon resta seul avec Maghli qui semblait très absorbé par des travaux d'écriture et n'avait pas pris part à la conversation. Il le regarda et sourit.

— J'essaie de traduire les poèmes qu'Amiel m'a confiés. Elle voudrait en faire un album illustré par les photos de François. Vous voulez les lire ?

Sur le cahier d'écolier qu'il lui tendait, leurs mains se rapprochèrent, l'une épaisse et large, l'autre d'une finesse quasi féminine. De haute stature et très mince, Maghli avait la gracilité d'un adolescent mais son visage aux traits aigus, marqué de rides profondes était celui d'un homme mûr. Voyant l'hésitation de Simon à ouvrir le cahier, il insista, Amiel ne dissimulait pas ce qu'elle écrivait et laissait lire ses poèmes à qui le voulait. La voix légère et douce de Maghli chantait d'une façon toute méridionale. C'était un bien curieux saharien !

Simon lut les trois premiers poèmes.

Absar (Acacia)
Comme le sec acacia du désert
dont les branches martyrisées

attestent d'autres soifs
j'allonge mes racines quêteuses
vers un illusoire principe de vie

Tedjiedit (Dune)
Sur le sable de la dune
j'ai écrit ton nom
que seul le vent connaîtra.

Sur la dune
j'écrirai un poème
pour le vent...
Perdu pour perdu
qu'amour soit oublié
que seule demeure sur mon corps
la caresse foisonnante et multiple
des grains
du sable de la dune.

Au verso de la page, il découvrit un ensemble de signes qu'il ne sut comment interpréter.
— C'est la traduction Tamacheq, m'expliqua Maghli en déplaçant son doigt fin sur le papier. Ces caractères s'appellent des Tifinagh, ils permettent une écriture rudimentaire. Comme il n'y a pas de voyelles, elle est difficile à maîtriser. Nous ne sommes pas nombreux à la connaître, quelques femmes âgées, quelques hommes qui ne veulent pas la voir disparaître. Les Touareg n'ont pas de véritable culture écrite.

Simon le regardait dessiner des crochets, des signes géométriques en psalmodiant à voix basse et soudain il se souvint. Il se hâta vers sa chambre et trouva le Monde de la Musique qu'il avait apporté le jour de son arrivée. Sur sa couverture, il avait reproduit les signes que le muet avait tracés dans la buée de son verre. Leur parenté avec les Tifinagh semblait évidente. Qu'en dirait Maghli ? Simon posa le journal devant lui. — Qui a écrit cela ? Ce n'est pas vous .... Si !... La signification de ces caractères ? Vous devez la connaître puisque vous les avez écrits ! - Il regardait Simon avec étonnement – Je lis deux mots, le premier signifie se taire, le deuxième espoir.

Il aurait voulu une explication et tendit une feuille à Simon qui ne put que reproduire le message dont il venait enfin de saisir le sens : deux ronds marqués d'un point en leur centre suivis d'un crochet ouvert à droite - se taire -, une croix précédant le chiffre romain sept – espoir. Maghli comprit l'importance accordée aux deux mots fétiches « se taire, espoir » et l'incapacité de Simon à expliquer de qui il les tenait. Il accepta l'aura de mystère qui leur était conservé et sans plus de question, il reprit son graphisme appliqué.

Transmis dans une écriture inconnue et archaïque, par un muet à un homme sans voix, le message sibyllin décrypté par hasard entraînait Simon vers un monde inconnu, celui des signes qui font et défont un destin humain. Il comprit que depuis son arrivée à *Dense l'ombre*, ils accompagnaient de façon impénétrable ses relations avec Elise, les rois mages et Amiel, qu'ils le piégeaient dans leur réseau serré, provoquant sa sensibilité et sa clairvoyance.

Clara

François arrêta la voiture au bord de la piste et invita Simon à descendre. Ils dominaient le plateau sur toute son étendue morcelée par la polyculture. Les carrés de tournesols en pleine floraison, les champs moissonnés avec leurs balles de paille en quinconces, les prairies et les vergers embrumés par l'aspersion continue se succédaient jusqu'à la limite des collines sèches et des monts noirs. Nourri à profusion d'eau et de soleil, le plateau était devenu une oasis vouée au profit. Les maisons, accrochées sur les premières pentes à l'abri du vent dominant, laissaient aux cultures la plus belle part des terres. Simon localisa *Dense l'ombre* invisible, grâce à son bouquet de hauts cyprès.

François avait quitté la maison très tôt ce matin pour faire réviser son véhicule et Simon l'avait accompagné, appréciant le nouvel itinéraire qui, à travers un massif abrupt rejoignait le bord de la rivière à l'entrée de la ville. Il s'était d'abord amusé des performances du "quatre quatre" dans les difficultés de la route stratégique abandonnée depuis longtemps mais quand, pour suivre la ligne de crêtes, elle était devenue une piste aérienne mal entretenue, il avait fermé les yeux, impressionné par la profondeur du ravin que la voiture longeait à bonne allure.

— C'est de cet endroit que j'ai découvert le plateau voici une dizaine d'années. Je participais à un rallye et j'ai arrêté ma voiture ici, perdant sans regret les autres concurrents et l'enjeu de la course. Le barrage n'était pas encore construit, il n'y avait pas d'aspersion, les seules cultures adaptées à la sécheresse étaient celles du blé dur et du lavandin, son odeur portée par le vent m'avait accompagné sur la piste. Quelle beauté ! Mais l'essence de lavandin se vendait de plus en plus mal et les champs d'année en année se sont rétrécis jusqu'à disparaître. Le pays s'appauvrissait. Mais peut-on dire qu'il est devenu plus riche depuis l'aspersion ? Les agriculteurs se sont endettés pour l'installer, ils cultivent maintenant, grâce à une eau très chère et les subventions accordées, les mêmes produits que partout en Europe. J'aimerais que cette terre soit rendue à sa vocation première et que les lavandins y refleurissent. Quel rêve !

Ils remontèrent en voiture. Par une succession de lacets aigus, la piste descendait vers la ville. François laissa Simon dans la rue principale, ils convinrent d'un rendez-vous en fin de matinée. Simon se hâta vers l'officine de Clara. Près de la porte fermée, un chat explorait le contenu d'une poubelle renversée. Les oreilles baissées, l'échine hérissée, il le fixa de ses prunelles élargies. Simon s'arrêta, le chat reprit sa quête affamée parmi les épluchures, les vieux papiers et les bouteilles de plastique. Il s'empara enfin de l'os que son flair subtil traquait et sauta sur le rebord de la fontaine. Pour quelque temps, la voie était libre. Simon suivit le couloir obscur jusqu'à la salle d'attente où il s'assit face au crucifix, cherchant en vain un magazine ou une revue qui le détournerait de la fascination morbide qu'exerçait sur lui le Christ torturé. L'attente se prolongeant, il se leva, marcha de long en large en évitant le joint des dalles. Ses pas allongés et alourdis sonnaient dans la pièce vide. Clara apparut et l'accueillit comme s'ils s'étaient quittés dans les meilleurs termes. Sitôt assis près d'elle, il commença à chuchoter.

— Avant de partir, je viens vous demander d'excuser mon geste brutal et vous dire merci.

— Essayez de parler normalement.

— Non, c'est impossible. Les sons que je produis sont plus proches du grognement animal que de la voix humaine et je ne veux pas les entendre, pas plus que mon chuchotement d'ailleurs, il donne un caractère trop intime au moindre des échanges, je le réserve aux exercices de rééducation et aujourd'hui, à votre écoute. Je n'ai pas vraiment besoin de communiquer, on me questionne peu, je n'ai rien à demander, en cas d'urgence, j'ai toujours mon carnet et mon crayon.

— Pourquoi voulez-vous me remercier si vous êtes toujours aphone ?

— Vous avez essayé de me convaincre que j'allais guérir, je l'ai cru. Vous n'avez pas été la seule à m'aider, d'autres y ont certainement contribué sans vraiment le vouloir et la dépression où je m'enfonçais s'est atténuée... Regardez-moi, que voyez-vous ? Un homme jeune au visage banal, au corps lourd. Je suis celui qu'on ne voit pas ou qu'on oublie à moins que je ne chante ou ne parle. Ma voix surprend toujours, elle choque parfois et souvent elle séduit ; c'est une voix pour appeler dans la montagne, résonner dans les cathédrales ou chanter dans les théâtres. La perdre, c'était me perdre. Comment vivre amputé du meilleur de soi-même ? Voilà où j'en étais lorsque je suis arrivé à *Dense l'ombre*.

Les paroles de Simon étaient hachées, parfois suspendues comme s'il cherchait les mots longuement préparés dans le silence ; enfin dits, la simplicité leur manquait mais avec leur emphase, ils emportaient son angoisse et ses doutes. Clara le visage tendu écoutait son chuchotement, il saisit les mains qu'elle avait abandonnées, demi-ouvertes sur ses genoux, leur contact souple et tiède, leur pression douce l'invita à poursuivre. Il disait qu'il avait tout sacrifié à sa voix, son enfance, son adolescence et ce qu'il appelait de possibles amours. Il disait la perte de ses parents dans un accident, le dévouement de sa sœur beaucoup plus âgée que lui, la révélation de son don exceptionnel pour la musique, sa voix de soprano qui l'avait conduit à recevoir une formation dans des chorales européennes. Il racontait ses années d'internat, puis le désastre de sa mue.

— De retour en France, vers dix-huit ans, j'ai repris des études au conservatoire de région que j'ai quitté avec un 1er prix et maintenant je suis les masters classes et les cours particuliers d'une ancienne soprano célèbre pour la qualité de son enseignement et son goût des jeunes voix masculines ! Voilà la biographie exemplaire d'un baryton débutant : 14 ans de travail, 6 ans d'exil, une liaison avec une femme vieillissante et pour conclure, la perte de ma voix. Mais je ne dois pas oublier l'essentiel, le chant est ma vie.

Il lâcha les mains dont le contact frémissant lui avait donné la volonté d'aller au bout de ses confidences. Le regard intense de Clara lui communiquait un pressant message de compréhension et de sympathie. De la salle contiguë parvint une toux forcée exprimant l'impatience. Clara se leva. Elle se tenait voûtée, comme écrasée sous un poids excessif. De petites gouttes de transpiration se formaient sur sa lèvre supérieure tant sa contention avait été extrême, la fatigue était cruelle à ses traits tirés. Il fallait partir. Simon déchira une page du carnet, il y jeta quelques mots avant de la tendre à Clara.

— Oui, je connais cet homme. A cette heure-ci, vous devriez le rencontrer au centre ville. Il y flâne habituellement, il n'a rien d'autre à faire...

Simon se leva, Clara l'accompagna jusqu'à la salle d'attente. Une femme, un panier à provisions sur les genoux, était assise, le dos au crucifix. Clara la salua, passa derrière elle et décrocha la croix.

— Je vous le donne, je sais qu'il vous intéresse, non parce qu'il semble précieux mais pour ce qu'il exprime. Si, prenez-le, pour moi, il n'a plus de sens. Vous saurez peut-être qu'en faire.

Simon glissa le crucifix dans la poche intérieure de sa veste et serra une dernière fois les mains douces de Clara.

La placette était encore dans l'ombre, il n'était que neuf heures et demie. Il avait le temps de retrouver le muet. Il redressa la poubelle, y jeta les détritus épars sur le seuil de la maison, se lava les mains à la fontaine puis se détourna de la placette abandonnée au cœur de la ville, il était sûr de ne jamais la revoir.

La ville s'animait dans la douceur du soleil matinal, profitant d'un court répit avant l'afflux des touristes et l'épuisante chaleur de l'après-midi. Les garçons de café rectifiaient l'ordonnance des tables sur les terrasses encore humides, les magasins s'ouvraient largement sur la fraîcheur des rues, les ménagères, cabas aux pieds, s'attardaient, échangeant d'une voix chantante des propos coupés d'exclamations et de rires.

Après avoir vainement exploré les rues centrales, il se rendit au café où il avait rendez-vous et alors qu'il désespérait de le trouver, il l'aperçut, face à lui, qui regardait de tous côtés, se demandant où diriger ses pas. Simon traversa la chaussée et le saisissant doucement par le bras, l'invita à le suivre. Il doutait d'être reconnu. Cependant le muet lui sourit et l'accompagna jusqu'à une table en terrasse. Simon   reproduisit sur son carnet les signes dont le sens l'obsédait. L'attention du muet lui était pour l'instant refusée, il sortait les morceaux de sucre de leur enveloppe, les trempait dans son café et les dégustait avec des mines d'enfant. Quand il eut épuisé sa provision, il se tourna vers Simon qui en profita pour lui mettre sous les yeux son carnet mais le muet indifférent s'empara des sucres laissés dans la soucoupe.

— Je ne vous ai pas fait trop attendre, Simon ? Mais, c'est Victor, comment vas-tu, mon vieux ? - François donnait l'accolade au muet dont les yeux humides disaient la joie.

Simon rangea son carnet inutile. Plus tard, Elise lui raconterait l'histoire de Victor, le simple, qui n'avait jamais parlé. Elle lui dirait la gentillesse et la joie de vivre qui lui gagnaient l'amitié et la bienveillance de tous, sa présence parfois à *Dense l'ombre* à l'occasion des petites fêtes qui y étaient données, sa rencontre avec Maghli qui le fascinait et Simon connaîtrait l'étrange chemin qu'avaient pris les Tifinagh pour venir jusqu'à lui.

La voix

Du plus loin qu'ils avaient entendu approcher la voiture, Jean et Luc étaient accourus. François leur avait permis de monter sur le toit en leur recommandant de bien se tenir au porte-bagages ; ils roulaient au pas vers la maison, assourdis par les cris de joie des enfants et le choc rythmé de leurs talons contre la carrosserie.

Amiel les attendait. Simon vit tout de suite qu'elle était dans un de ces jours sombres où mieux valait l'ignorer, il aida les enfants à descendre et allait s'éloigner avec eux quand elle les saisit par le bras.

— Vous ne faites que des sottises aujourd'hui. Et vous comment avez-vous pu les laisser monter sur le toit ?

François qui triait les papiers et les cartes entassés dans les vide-poches intervint.

— Simon n'y est pour rien, tu le sais bien. Les enfants ne couraient aucun risque, ce n'est pas la peine d'en faire toute une histoire.

Il les dégagea de l'étreinte d'Amiel et les attira vers lui.

— Vous n'avez pas été sages ce matin ? Racontez-moi ça.

— Ils devaient travailler à leurs devoirs de vacances. Ils y ont mis tant de mauvaise volonté que je me suis fâchée. Mathieu m'a répondu et je l'ai envoyé dans sa chambre.

— Tu aurais dû laisser Gertrude surveiller leurs devoirs, elle est plus qualifiée que toi !

— Oh, Gertrude ! Elle est comme maman, d'un laxisme inouï. Les enfants sont trop libres, ils ne pensent qu'à vagabonder dans les collines et à se disputer des jouets en plastique débiles.

Jean et Luc attendaient que cesse l'imprévisible algarade. Ils se taisaient, les yeux fixés sur François.

— Allez, vous êtes pardonnés, leur dit-il en leur donnant une petite tape sur les fesses.

Ils détalèrent, Simon les suivit.

— Tu t'occupes du travail des enfants maintenant ? La voix de François était contenue et mordante.

— Pourquoi es-tu parti sans me réveiller, je voulais t'accompagner, tu sais que je ne supporte pas...

Simon précipita ses pas pour fuir la plainte d'Amiel et ignorer la réponse qu'y ferait François.

Assis sur le seuil de sa chambre, têtes rapprochées, les enfants parlaient à voix basse. Ils s'écartèrent pour le laisser passer et levèrent leur visage vers lui. Luc était proche des larmes, sa bouche se contractait, son menton tremblait ; Jean avait l'air soucieux.

— Dis-lui, le supplia Luc.

— Mathieu n'est toujours pas rentré. Tu sais qu'Amiel l'avait envoyé dans sa chambre, il a trouvé la punition injuste, il est parti en douce. Tu imagines la séance s'il ne revient pas déjeuner !

— Il est parti pour toujours, il l'a dit, Luc ne retenait plus ses larmes.

— Mais non, on dit n'importe quoi quand on est en colère ! Il est caché dans les collines, tu peux en être certain. L'embêtant, c'est qu'on ne sait pas très bien où le chercher et qu'on n'ose pas s'éloigner de la maison, aujourd'hui.

Simon rentra dans sa chambre pour se changer rapidement et prendre les jumelles qui accompagnaient toujours leurs promenades. Devant la porte, les enfants l'attendaient. Il leur fit un signe rassurant et s'éloigna vers la pinède. Mathieu n'était pas dans la cabane.

C'était l'heure où d'habitude, ils rentraient, assoiffés, avides de fraîcheur et de repos, Simon peinait pour gravir la colline. Il contourna l'éperon rocheux qui en marquait le sommet et s'arrêta pour reprendre haleine à l'ombre d'un chêne. Son regard parcourut le paysage sauvage et familier - au nord, le grand champ moissonné qu'il traversait pour aller aux Landes, au sud, un terrain accidenté couvert d'une garrigue clairsemée, face à lui, au-delà du torrent asséché vers lequel la colline descendait en pente douce, un contrefort montagneux planté de pins noirs. Le vagabondage des enfants se limitait toujours aux rives du torrent. Il décidait de les explorer, quand son attention fut attirée par une tache claire et mouvante sous les pins. Il prit les jumelles : des moutons s'étaient massés pour mieux résister à la chaleur. Ils auraient dû, depuis longtemps, être en route vers la bergerie. Que se passait-il ? En-dessous, une petite silhouette apparut, Mathieu. Simon le voyait bien maintenant, il courait à travers une coupe récente, sautait au-dessus des souches, contournait des branches entassées. Le berger entra brusquement dans le champ des jumelles, il poursuivait l'enfant, le rejoignait, le plaquait au sol. La brutalité de leur chute surprit Simon. Mathieu se débattait puis s'immobilisait, les bras en croix, cloué au sol par le corps de l'homme. Ce n'était pas un jeu mais la pire des agressions !

— Mathieu !

L'appel clair et sonore avait jailli mais sa puissance n'était pas suffisante pour arriver jusqu'à l'enfant et le sauver. Simon lâcha les jumelles, se redressa et pesant lourdement sur ses jambes écartées, attaqua pianissimo la note la plus haute de sa tessiture. Insensiblement fortifiée, elle monta vers l'enfant, vers son agresseur, éclata dans une intensité cuivrée. Elle emplissait le paysage, la tête et le cœur de Simon. Lorsqu'il reprit les jumelles, le berger était debout aux aguets, à ses pieds Mathieu se redressait. Dans un "Sprechgesang" improvisé, il le pressa d'appels vibrants.

— Mathieu, viens... Viens sur la colline. C'est Simon. Viens vite... Vite.

Il avait commencé une course trébuchante à travers la coupe, évitant les pièges du terrain, s'éloignant rapidement du berger que le chant pétrifiait. Il s'enfonça sous le couvert des pins, Simon le perdit de vue, il continua à l'appeler, le rassurer, le stimuler, jouant comme d'un instrument de sa grande voix retrouvée. Mathieu apparut enfin au bord du torrent et Simon s'élança sur la pente de la colline. A quelques pas du garçon, il l'examina : les genoux écorchés, les cheveux hérissés d'aiguilles de pins, le visage gonflé de larmes mais apparemment indemne.

— Que s'est-il passé, Mathieu ?

— C'est la faute de tante Amiel, elle m'a puni, je me suis sauvé... Mais tu parles !

— Oui, depuis tout à l'heure. Le berger t'a fait peur ?

Mathieu le regardait d'un air incertain. Simon s'approcha et lui posa les mains sur les épaules. Il se dégagea avec violence, se recula de plusieurs pas, prêt à reprendre sa course éperdue.

— Tu n'as plus confiance en ton copain Simon ? C'est sa grosse voix qui t'effraie ?

Mathieu secoua la tête, revint vers lui.

— Je suis content que tu parles. Tu ne seras plus triste maintenant et tu joueras tous les jours avec nous ?

— Viens t'asseoir près de moi, nous allons partager un grand secret tous les deux. Tu ne diras à personne que tu m'as entendu crier dans la montagne et que je t'ai parlé. Je veux être sûr que ma voix est bien guérie avant d'en faire la surprise à tout le monde. Tu es d'accord ?

— Oui, à condition que tu ne racontes pas que j'ai eu peur de Toine. Il est fou. Il a voulu me toucher là où

c'est défendu. Tu sais ce qu'il m'a dit!... qu'il me sai-
gnerait comme un agneau si je n'étais pas gentil avec
lui.

Et Mathieu lui raconta que, n'osant pas rentrer à la
maison, il avait accepté de suivre le berger sous les
pins. Toine lui avait appris à lancer son couteau de
chasse dans le tronc d'un arbre, il l'avait invité à boire
du vin à la bouteille et s'était fâché quand Mathieu
avait refusé. Ensuite, l'enfant ne comprenait plus ce qui
s'était passé, le berger le serrait trop fort contre lui, il
s'était débattu et sauvé mais il avait été rattrapé et jeté
à terre. Il avait eu très peur car il savait qu'on lui voulait du mal. C'est à ce moment qu'un cri extraordinaire
avait retenti sur la colline. Toine l'avait lâché et Mathieu s'était enfui. Oh! Comme il avait couru, guidé par
la voix qui tombait du ciel. Non, il n'avait jamais pensé
que c'était Simon qui l'appelait.

Mathieu lui tenait la main. Ils gravirent lentement la
colline sous le soleil à son zénith. Quand la maison fut
en vue, Simon s'arrêta, remit de l'ordre dans la chevelure, épousseta les vêtements de Mathieu.

— Tu vas rentrer tout seul. Tu demanderas pardon
pour ta désobéissance et pour ton retard. Tu sais que tu
mérites encore d'être puni ! Tu diras qu'on ne m'at-
tende pas pour déjeuner. J'ai perdu mes jumelles, je
vais les chercher près du torrent. Rappelle-toi notre
pacte !

Mathieu dévalait déjà la colline, se retenant ici à une
touffe de ciste, là à une branche de romarin, sa descente rapide entraînait une avalanche de petites pierres.

Simon suivit sa course acrobatique vers la table familiale, voulant croire qu'il n'avait été atteint ni dans sa
confiance ni dans son innocence.

Le berger

Les jumelles étaient là, sous le chêne où il les avait laissées. Le troupeau n'avait pas bougé. Simon n'avait pas eu jusqu'alors un temps de réflexion, il avait agi en urgence dans l'exaltation inspirée par la joie de sa guérison et le danger menaçant Mathieu. Il fallait maintenant s'occuper du berger. Où était-il ? Sous la vague de nausées qui soudain l'envahit, il s'appuya contre l'écorce rugueuse d'un chêne, malade de dégoût, de colère et d'impuissance. Il fallait cependant marcher jusqu'au troupeau. Le chien décela vite son approche, ses gémissements le guidèrent jusqu'à l'arbre où il était attaché. Libéré, il fila vers un endroit débroussaillé entre deux pins, Simon y découvrit, abandonnés, le bâton et la musette du berger. Il en fit l'inventaire, des lunettes de soleil, deux bouteilles vides et un couteau dont la lame large, plus longue que la main suggérait la violence et le sang. Il le remit dans son étui, repoussant les pensées qui l'assaillaient. Le chien l'entraîna jusqu'au troupeau, s'assit, le fixa, attendant un ordre. Il

91

était inutile de fouiller les buissons, de scruter les pentes et les crêtes, le berger s'était enfui. Il rangea les jumelles dans la musette, contourna les brebis immobiles.

— Va, Milord.

Le chien fit démarrer le troupeau, courant de gauche à droite dans un va-et-vient efficace. Simon marchait en tête, se retournant fréquemment, encourageant le chien comme le faisait Pierre.

Dans la grande chaleur, le retour à la bergerie fut long et harassant. Quand il eut mis enfin les brebis à l'ombre et au repos, il quitta sa chemise trempée pour se rafraîchir au robinet extérieur, il donna de l'eau au chien, monta vers la maison. Une voix coléreuse lui commanda d'entrer. Pierre était assis dans un fauteuil, sa jambe plâtrée allongée sur un tabouret.

—Tiens, c'est vous. Excusez le mauvais accueil, j'attendais mon berger. Je m'inquiète des bêtes par cette chaleur !

— Je viens de les rentrer à la bergerie. Il posa la musette et le bâton sur la table.

Le silence tomba dans la cuisine sombre et mal tenue où le vrombissement des mouches prit une importance insupportable. Il laissa à Pierre le temps d'assimiler cette nouvelle et de s'habituer au son de sa voix.

— Sales bêtes ! dit-il en distribuant sur la table quelques coups de tapette distraits.

— Simon, je ne savais pas que vous étiez guéri. C'est bien... Mais qu'est-il arrivé à Toine ?

Simon en fit le récit, relatant les faits tels qu'il les avait vus, sans jugement, sans commentaires.

— Le salaud ! dit Pierre. Où est-il maintenant ? Allez voir dans le galetas, derrière la maison, vous y monterez par l'échelle. C'est là qu'il dort.

La pièce blanchie à la chaux, exposée au nord propre et sans confort était dans un grand désordre. Le lit de camp renversé dépourvu de sa literie, le coffre ouvert et vide, le cendrier brisé indiquaient la précipitation d'un départ définitif.

— Bien sûr, il est parti. Il a dû revenir sans que je l'entende. Hier, il a touché sa semaine, alors, adieu l'animal!... Mais j'y pense, vous n'avez certainement pas déjeuné. Son repas est dans le réfrigérateur, servez-vous. Nous discuterons pendant que vous mangerez.

A jeun depuis la veille au soir, Simon dévora un pâté de sanglier, une salade de tomates fortement aillée en écoutant Pierre dont les phrases entrecoupées de longues pauses disaient l'embarras et les réticences.

— Faut-il le faire rechercher par les gendarmes ? Ils vont venir ici, nous tarabuster et enquêter chez les voisins. Tout le pays sera au courant... Et pourquoi, je vous le demande ? Le retrouveront-ils ? Ils ne retrouvent jamais personne ! Qu'en pensez-vous ?

Simon lui répondit qu'ils n'étaient que trois à connaître l'agression, Mathieu et eux deux, tant que la famille ne serait pas prévenue, ne porterait pas plainte, aucune poursuite ne pouvait être engagée contre le berger.

— Je me sens coupable, ce Toine n'avait pas bonne réputation mais, que voulez-vous, j'avais besoin de quelqu'un - et Pierre donna un coup de tapette sur son plâtre - Célestin m'avait mis en garde, méfie-toi de lui, il boit et l'an dernier, il s'est livré à de sales jeux avec un jeune garçon, les parents l'ont appris et ils ont failli le tuer ! - Mais vous connaissez Célestin, de ce qu'il dit, il faut en prendre et en laisser ! Toine est un bon berger et je n'ai pas cherché plus loin... Vous allez prévenir la famille ?

— Je me le demande. Je ne me vois pas les réunissant pour leur dire que Mathieu a été victime d'une agression sexuelle. A qui confier cela ? Je n'en sais rien. Je pense surtout à l'enfant, il m'a fait promettre le silence. S'il y a enquête, on le questionnera, il faudra qu'il parle de ce qu'il veut oublier. Je préfère le laisser se confier à la personne de son choix quand le moment, pour lui, en sera venu.

— Alors, on laisse courir Toine ? Et s'il récidive ?

Il y avait là un problème qui le dépassait... La plainte pourrait être déposée plus tard sans pour cela gêner beaucoup l'efficacité contestée de la gendarmerie !

Pour Pierre, l'affaire semblait réglée puisqu'après quelques vitupérations contre la dépravation de la jeunesse, l'état de sa jambe, il s'inquiéta de ses brebis. Simon le soutint jusqu'à la bergerie où il apprit comment séparer les mères du troupeau pour qu'elles rejoignent les agneaux parqués dans des stalles isolées. Quand les bêlements lamentables eurent cessé, ils remontèrent doucement vers la maison.

— Maintenant, me voilà sans berger jusqu'à ce que ma fille arrive. Ma mère est trop âgée pour garder, elle voit mal et marche difficilement. Elle s'occupe juste de la maison et de la cuisine avec l'aide d'une voisine qui fait les courses.

— Je pourrais vous dépanner pendant quelques jours. Dites-moi ce que j'aurai à faire.

Pierre accepta cette proposition avec simplicité et lui prêta un vieux vélo pour faciliter les déplacements à travers le plateau.

Pendant une semaine, au rythme du soleil, Simon vécut son temps de berger.

Levé avant l'aube, il enfourchait le vélo, roulait dans un concert de grincements et de cliquètements jusqu'à chez Pierre où un café amer et des casse-croûtes l'attendaient sur la table, parmi les mouches. Après avoir pris quelques instructions, il rejoignait Milord assis en sentinelle devant la bergerie. Les doubles portes ouvertes, les bêtes sortaient dans un ordre immuable, en tête, le bélier et les vieilles brebis avec leurs colliers sonnaillant, puis le gros du troupeau qui se pressait, avide de nourriture et d'air frais. A bonne allure, ils avançaient vers le pied des collines. Quand les bêtes s'arrêtaient pour paître, il les confiait à la vigilance du chien et reprenait l'étude de ses partitions. En milieu de matinée, les brebis se regroupaient pour le retour vers la bergerie. Après la sieste, lorsque le feu du jour s'apaisait, le troupeau sortait vers les champs moissonnés les plus proches où il cherchait les grains perdus et broutait jusqu'au crépuscule l'herbe maigre entre les chaumes. Au loin, sur la route, une voiture parfois ralentissait, des promeneurs, sensibles au spectacle bucolique d'un berger et de ses moutons dans la belle lumière du soir. Certains clichés se nourrissent de nostalgie et masquent la réalité. Pierre demeurait le dernier berger du plateau, personne ne le remplacerait quand il déciderait de se retirer. Qui voudrait s'astreindre à une activité peu rentable dans les conditions où il l'assurait ? Les agneaux se vendaient à bas prix, concurrencés par des bêtes importées des pays de l'est qui, après quelques semaines passées dans la montagne, bénéficiaient du label régional convoité. Cette fraude contre laquelle il ne pouvait rien enrageait Pierre. Il répétait chaque jour que la vie des bergers n'était plus ce qu'elle était, qu'il s'y accrochait contre tout bon sens, trop vieux pour faire autre chose que parcourir les collines à la tête du troupeau comme ses parents l'avaient fait...

Le travail ne cessait pas à la nuit tombée. Il fallait épandre de la paille fraîche sur la litière souillée, s'occuper des agneaux, nourrir et abreuver le chien. Simon rentrait tard à *Dense l'ombre*.

Sa décision de remplacer le berger y avait été accueillie avec bien des réserves. Elise craignait pour lui la fatigue des déplacements, les enfants étaient déçus de perdre sa compagnie. Une remarque piquante d'Amiel avait achevé de décontenancer Simon, lui faisant regretter la légèreté d'une décision prise sans tenir compte de ce qu'il devait à ses hôtes.

— Pendant quinze jours, vous avez fait de la figuration intelligente auprès de nous et vous vous éclipsez dès que vous retrouvez la parole ! Quand vous en aurez assez de vous déplacer sur le vieux clou de Pierre, ne comptez sur personne pour faire le taxi.

— Je me défendrai bien de le demander. !

Blessé, Simon avait élevé la voix, elle vibrait de ses harmoniques les plus sombres, Amiel avait ri.

— Ne vous fâchez pas, Simon, je plaisantais. Vous savez que je suis heureuse d'entendre enfin votre belle voix.

François avait apporté une bouteille de champagne et un plateau chargé de coupes et les toasts s'étaient succédés. Ils avaient bu à la voix retrouvée, au futur succès du chanteur, à celui du berger... Saisi d'une légère ivresse, Simon était allé s'asseoir à l'écart, sur un muret, levant son verre quand on le sollicitait. Au milieu des épanchements bruyants, il était redevenu silencieux. Il pensait à Mathieu.

Elise s'était approchée et assise à ses pieds dans l'ombre de son corps.

— Non, ne bougez pas, vous me protégez du soleil.

Elle levait vers lui un visage lisse, rajeuni par sa chevelure humide dénouée et adouci par le bleu lavande de sa longue robe. La tension de son cou et de son buste remodelait ses traits, leur rendant une jeunesse fugitive et plaquait sous la toile légère la forme de ses seins lourds. Sa ressemblance soudaine avec le portrait que Simon avait aimé le bouleversait.

— Quelque chose vous préoccupe ? Vous ne dites rien. Enfin Simon, je ne vous comprends pas. Vous retrouvez la voix dans des circonstances incroyables, une chute sur un rocher qui vous arrache un cri de douleur, au lieu de nous faire partager votre joie, vous vous attardez dans les collines et vous passez l'après- midi chez Pierre. Votre escapade ne serait-elle pas liée à celle de Mathieu ? Quand vous nous rejoignez, il faut insister pour obtenir les détails de votre mystérieuse guérison, vous préférez parler des ennuis de Pierre. Quelle idée de vouloir remplacer son berger !

Elise lui avait parlé rudement comme à un enfant qu'on soupçonne de dissimulation et qu'on engage sur la voie difficile de la vérité. En l'écoutant, il s'était rendu compte de l'invraisemblance et de la maladresse de son récit et avait seulement murmuré — Pardonnez-moi

Ils s'étaient tus et avaient regardé les enfants qui trempaient leurs lèvres dans des coupes demi-pleines et savouraient la boisson de fête en clignant des yeux. Mathieu les avait rejoints et s'était assis sur le muret.

— Tu n'as pas oublié notre pacte ?...Tu sais, grand'mère, Simon et moi, nous avons un secret.

Elise qui respectait le mystère dont les enfants aimaient entourer leurs jeux s'était éloignée en souriant, le doigt sur les lèvres.

— Je n'ai rien dit, tu as pu leur faire une surprise. Toi aussi tu dois respecter ta promesse. Que racontais-tu à grand'mère ?

— C'est elle qui me parlait. Mon récit lui a paru bizarre; elle avait l'air de penser que je n'avais peut-être pas dit la vérité.

— Grand'mère est futée, rien ne lui échappe !

Mathieu était demeuré pensif quelques instants...

— Où est Toine ?

— Il est parti, c'est vrai, tu peux être sûr qu'il ne reviendra jamais. Si tu te promènes dans les collines, c'est moi que tu rencontreras avec le troupeau. Tu as bien compris Mathieu, tu ne le reverras plus.

— Plus jamais, jamais plus, avait scandé Mathieu en frappant violemment ses talons contre le muret.

— Maintenant, écoute moi, je ne dirai rien de cette histoire, mais toi tu peux en parler à qui tu voudras, ta maman, ton grand-père ou ton oncle. Tu n'as pas envie de le faire ?

— Certainement pas, avait crié Mathieu en se levant, et il avait ajouté très bas, j'aurais aimé que tu le tues

Simon le regardait, debout, face à lui, les genoux écorchés, tachés de mercurochrome, le regard embrumé et les lèvres tremblantes, petit garçon plus fragile et plus averti qu'il ne le pensait qui voulait un châtiment à la mesure de l'outrage.

L'ombre

Un matin, Amiel proposa de l'accompagner. Elle était déjà prête. Sa coiffure - une queue de cheval nouée par un ruban bleu - allongeait ses yeux et dégageait ses joues rosies par l'eau froide. Son visage était nu, sans apprêt aussi pur que le jour naissant. Il se tenait face à elle sur le seuil de sa chambre, engourdi de sommeil, silencieux.

— Vite, vous allez être en retard. Ne croyez pas que je vais vous conduire en voiture, je vous suis à vélo.

Amiel ajusta un petit sac sur son dos, Simon saisit sa musette et ils partirent. Elle filait devant lui. Il regardait le mouvement régulier de ses longues jambes nues, guettant le jeu des muscles sous la peau brune, troublé par le léger déhanchement qui accompagnait parfois leur effort. En vue de la bergerie, Simon accéléra pour rouler à sa hauteur.

— Vous rentrez à *Dense l'ombre* ?

— Non, je veux voir quel berger vous faites. Quand j'étais enfant, je suivais parfois le troupeau avec la fille de Pierre.

Elle laissa son vélo au bord de la route et le rejoignit alors qu'il faisait sortir les brebis. Ils marchaient en silence, Simon ne trouvait rien à lui dire qui soit léger et sans importance, son mutisme était contagieux. Cependant, heureuse, détendue, Amiel paraissait redécouvrir un monde oublié. Elle sifflait le chien qui, la connaissant peu, ignorait son appel, elle froissait entre ses paumes des brins de thym et de lavande pour en exalter l'odeur, elle ramassait des cailloux ronds qu'elle examinait puis rejetait.

Quand le troupeau s'arrêta, elle vint s'asseoir à côté de Simon et sortit de son sac un copieux en-cas.

— Pour vous j'ai pillé les réserves de maman. Voilà un fromage de chèvre, du saucisson de montagne, de la fougasse à l'anchois, du jus d'orange et du thé à volonté. J'espère que vous allez faire honneur à mon petit déjeuner, aujourd'hui.

Simon ne regrettait pas le café amer et les gâteaux rassis qui l'attendaient tous les matins chez Pierre, il se régalait en silence.

— Allez, un peu de convivialité, Simon, détendez-vous, souriez ! Savez-vous que vous devenez de plus en plus rugueux, taciturne comme il n'est pas permis avec une barbe d'au moins trois jours et des vêtements innommables. On dirait un homme des bois.

— Et que pourrait-on dire de vous, Amiel, depuis le retour de François ? lui répondit-il tandis que son regard s'attardait sur les cuisses dénudées par le short trop court et les seins découverts dans l'échancrure d'un étroit maillot.

Le visage d'Amiel changea, ses sourcils s'abaissèrent, ses yeux se rétrécirent, son expression se durcit. Pendant quelques instants, elle cessa de jouer son jeu séducteur ; elle n'était plus en représentation mais telle qu'en elle-même, narcissique, dure et ténébreuse. Enfin, elle parvint à sourire. Qu'attendait-elle de Simon ?

— Je fais un pas vers vous, Simon et vous en faites trois en arrière. Nous sommes comme deux enfants en train de se chamailler. Faisons la paix une fois pour toutes.

Il se dressa pour surveiller le troupeau égaillé sur la pente. Quelques brebis éloignées allaient disparaître derrière un monticule boisé. Il lança Milord vers elles, sa mission accomplie, le chien revint s'asseoir à leurs pieds, Simon le flatta de la voix et de la main.

— C'est à Milord que vous réservez vos plus beaux accents ?

Simon alors lui demanda si elle aimait le chant. A demi allongée sur le côté, la tête soutenue par son bras plié, elle guettait l'apparition du soleil. Quand son visage fut touché par la lumière, elle se tourna vers lui. Oui, elle aimait le chant. Elle n'allait jamais au théâtre, trop loin, trop cher, elle se contentait d'écouter des disques. La musique avait le pouvoir de la distraire d'elle-même, de sublimer ou d'exalter ses sentiments. Elle n'était pas musicienne bien qu'ayant fait comme tout le monde quelques difficiles années de piano, son écoute était très personnelle, plus viscérale qu'analytique. Chaque œuvre exigeait un climat émotif et sensuel différent. Certains jours, elle avait besoin de mortels désespoirs, d'éclats excessifs alors elle écoutait les dernières scènes des opéras de Verdi ou de Puccini. D'autres jours, elle désirait suspendre son souffle à celui d'une chanteuse belcantiste, se bercer aux nuances infinies de sa voix. Mais l'oubli d'elle-même, de ses doutes, de ses frustrations - Amiel souriait pour masquer de légèreté l'emphase de son propos -, c'est surtout à Mozart qu'elle le demandait, à son pouvoir de consolation. Elle préférait les voix de femmes aux voix d'hommes et comme tout le monde, aimait écouter Callas - tant pis si certains de ses aigus faisaient fuir les chats et grincer les dents, tant pis si ses notes graves atteignaient parfois une laideur unique. Callas donnait l'absolu de leur sens aux mots "douleur", "amour", "vengeance", "mort" ou "folie" par le seul pouvoir de son chant et malgré sa voix inégale, atteignait le sommet des passions humaines.

— Perdone me, infelice son io, murmura Amiel avec une intonation approximative. Et vous Simon, êtes-vous un de ses inconditionnels ?

— J'ai étudié avec mon professeur certains de ses enregistrements. Avoir une voix ne suffit pas, il faut travailler la souplesse, la sensibilité, la musicalité et surtout la technique, sans laquelle rien n'est possible. Pour tout cela, Callas est un modèle.

— Que préparez-vous pour le concours ?

— Douze morceaux, des mélodies, des lieder et des extraits d'opéra, Schubert, Mahler, Tchaïkovski, Verdi, Berlioz et bien sûr Bizet. Baryton et Français, je ne peux échapper à l'air le plus célèbre du répertoire. Mon professeur m'en a persuadé. Elle espère que ma diction naturelle, ma voix héroïque, en dépit d'un registre grave un peu limité, me permettront d'égaler les concurrents étrangers avec l'air d'Escamillo.

— C'est un concours international important ?

— Oui, bien qu'il ait lieu en France, les chanteurs français sont peu nombreux à s'y présenter, ils arrivent rarement en finale. Les lauréats sont toujours des étrangers : Russes, Roumains, Chinois, Bulgares ou Américains.

— Que faut-il vous souhaiter, Simon ?

— D'arriver en demi-finale. On peut faire carrière sans être lauréat, les premiers prix n'encombrent pas les scènes lyriques.

Soudain Amiel éclata de rire en le regardant.

— Simon, c'est trop drôle, je vous imagine en habit de lumière. Quel panache ! Carmen peut vous tomber dans les bras... Ne faites pas cette figure et pardonnez-moi.

Elle lui donna un baiser d'enfant sur la joue et calma son fou-rire. Sa plaisanterie facile - combien de chanteurs en scène sont aussi séduisants que le rôle l'exige - n'avait pas blessé Simon, heureux de lui avoir parlé.

Plus haut, dans les pins, un insecte commençait une stridulation continue, l'interrompait brusquement, la reprenait avec insistance, cherchant le rythme qu'il soutiendrait jusqu'à la tombée de la nuit. Le soleil perdait de sa douceur, les brebis se regroupaient. Amiel rassembla les reliefs du repas.

— A tout à l'heure, Simon - et elle ajouta - je crois que vous ne m'estimez guère.

— Ne soyez pas puérile, vous attendez un démenti que je ne vous donnerai pas. Il ne peut s'agir d'estime entre nous.

— Je pensais à la phrase que vous m'aviez donné à lire « Votre mère en vaut bien deux comme vous ».

— Oui, j'estime beaucoup votre mère. Elle m'a réconforté sans mots inutiles, par sa seule présence attentive, son écoute, la compréhension de mon silence. Elle me parle d'elle parfois, de ce qu'elle aime, de ce qu'elle fait. Elle est moins sereine qu'elle ne le paraît. Vous devriez, peut-être l'entourer davantage.

— Comment cela, l'entourer davantage ? Toute sa tribu est réunie autour d'elle, elle sait qu'elle nous est nécessaire, que nous l'aimons.

— Vous avez certainement raison mais elle me paraît parfois bien seule au milieu de vous.

— Maman a toujours su se préserver et se ménager des plages de solitude en retrait de la famille... Je m'en vais maintenant pour ne pas me faire matraquer par le soleil.

Le ton d'Amiel s'était fait coupant et Simon regretta son indiscrétion. A mi-pente, elle se retourna, le salua, agitant sa main ouverte vers le ciel.

En redescendant doucement avec le troupeau, Simon pensait à Elise. Il la voyait assez peu depuis qu'il passait ses journées avec le troupeau. La veille au soir, rentrant plus tard que d'habitude - Pierre avait insisté pour qu'il prenne avec lui une assiettée de soupe au pistou, - il l'avait trouvée seule, debout dans la lumière de la lampe qui éclairait la façade de la maison. Il avait appuyé son vélo contre un cyprès et s'était approché. Il croyait qu'elle l'attendait. Elle avait paru surprise, presque contrariée de le voir, ils étaient restés silencieux un long moment.

— Non, vous ne me dérangez pas. Je regardais la nuit et je pensais au rêve angoissant que j'ai fait hier. Je ne peux me libérer de son emprise. Dans mon premier sommeil, j'ai entendu un appel - maman - une voix d'enfant pressante qui n'exprimait ni la frayeur, ni la souffrance ; elle n'exprimait en fait aucun sentiment connu mais son urgence était - comment dire ? - mortelle. Oui, c'est cela, mortelle. Je me suis réveillée. La maison était silencieuse, le souvenir de l'appel était si terriblement présent que je me suis levée pour aller dans la chambre des enfants. Vous savez qu'elle est située près du bureau de Charles. Quand j'y suis entrée, Charles lisait, il n'avait rien entendu. Je ne peux pas oublier le ton de l'enfant, sa voix haute, claire et insistante. Oui, quand vous m'avez surprise, je pensais à ce rêve si bref et je regardais la nuit autour de la maison. La lampe donne une clarté violente qui s'anéantit à quelques pas. Qu'y a-t-il au delà ? L'obscurité absolue... mes yeux n'y discernent rien. C'est comme si la vie s'arrêtait à la limite de la lumière. Je marche vers elle, je la traverse, l'ombre me pénètre, m'absorbe, je m'y perds. Non, ne dites rien, c'est à votre silence que je parle.

Simon prit entre ses mains le visage d'Elise, le détourna de l'ombre et l'orienta vers la promesse de lumière qui cernait la colline. Très lentement, la lune s'éleva, s'arrondit. Sa clarté pâle, intense atteignit les chaumes, effaça l'inquiétante limite, projeta sur la façade leurs ombres unies. Il écarta alors ses mains et libéra le visage d'Elise.

Les lavandins

Simon pensait à Elise et rêvait d'Amiel. Parfois, le matin, il se mettait en retard pour rejoindre le troupeau. Il rangeait sa chambre, lavait des chemises et se rafraîchissait au tuyau d'arrosage, surveillant la maison endormie. Amiel demeurait invisible ; la matinée qu'ils avaient passée ensemble resterait unique.

Il continuait à travailler, partageant son attention entre le troupeau et les partitions lues et relues, annotées et raturées qu'il s'exerçait à chanter mezza voce, impuissant à rendre l'expression, les couleurs et les nuances nées dans le silence. Sa sensibilité ne maîtrisait pas sa voix inflexible, la beauté des jours, la lumière éclatante l'écartaient peu à peu des brumes glacées du « Voyage d'hiver » et de son douloureux renoncement.

Un soir, Pierre le retint à dîner. Il lui annonça que son temps de berger prenait fin. Sa fille avait avancé la date de ses vacances et jusqu'à son arrivée, Célestin acceptait de garder le troupeau.

— Encore merci, Simon. Sans vous, j'étais dans l'embarras. Vous allez pouvoir donner un coup de main aux Brémand pour la fête de l'été ; ils ont besoin d'aide et cette année, je ne peux rien faire pour eux.

Ils prenaient le repas sur la terrasse, dans la pénombre. Les insectes attirés par l'appareil luminescent grésillaient dans un éclat bleu et tombaient autour deux. La mère de Pierre les servait, clopinant autour de la table. C'était une grande femme maigre, tout habillée d'un noir passé et poussiéreux, gaie encore malgré les maux qui l'accablaient. Elle avait refusé toute aide, le service était très long.

— Célestin m'a donné des nouvelles du Toine. Il est retourné chez l'agriculteur qui l'avait employé pour la moisson, il lui a demandé le solde de son compte. Il aurait pris ensuite le car vers la montagne. Il n'est pas encore recherché, sinon j'aurais vu les gendarmes.

Simon se sentait responsable de l'impunité du berger, cette idée lui était insupportable. Il imaginait ses déplacements à travers la région, de travaux saisonniers en petits boulots, de moissons en vendanges et la trace infecte qu'il risquait d'y laisser.

— Mangez donc, lui dit la vieille femme. Si ces affaires ne sont pas réglées à coups de fusil, mieux vaut les oublier.

Elle accepta de le laisser desservir la table tandis qu'elle garnissait un filet à provisions de boîtes de pâté et de fromages frais.

— C'est pour vous, en remerciement. Je veux aussi vous donner ceci, ajouta Pierre en tendant un objet enveloppé dans du papier journal.

Simon eut un sursaut en découvrant le couteau de Toine.

— Il est à vous, c'est comme une prise de guerre, insista Pierre. Il a de la valeur et on ne risque pas de vous le réclamer. Si, gardez-le, je sais qu'il est en de bonnes mains.

Simon se défendit longuement d'accepter mais il eut beau expliquer qu'il vivait en ville, n'en avait pas l'utilité, que les armes lui faisaient horreur, Pierre ne se laissa pas convaincre.

Il rentra à *Dense l'ombre* à pied, avec les cadeaux qu'il n'avait pu refuser. Il ouvrit sa valise ; au fond, sur le dessin de Luc reposait le crucifix, il y déposa le couteau, se penchant sur ces dons insolites. Ainsi rapprochés, ils se complétaient, se chargeaient de sens, révélaient leur symbolisme caché : la lame large et tranchante pour la puissance du mal, le dessin naïf pour l'innocence menacée, le crucifix pour l'impossible rédemption.

Les enfants tambourinaient à la porte, il verrouilla sa valise, la glissa sous le lit.

— Je te dis qu'il n'est pas rentré, son vélo n'est pas là. Il a dû laisser sa lampe allumée. Il ouvrit la porte aux Rois mages. Ils venaient de prendre leur douche du soir, levant vers lui des visages frais, brillants d'un savonnage vigoureux. Leurs cheveux humides exhalaient une douce odeur de bergamote.

— Viens, dit Luc en s'accrochant à son bras, grand-père te réclame.

La famille était réunie dans la cuisine. Charles compulsait et annotait des listes, Elise préparait une tisane de menthe fraîche, ses filles plaisantaient avec Maghli. Un peu en retrait, François fumait un cigarillo, Simon s'assit près de lui.

— Nous venons de nous répartir les tâches pour la fête de dimanche. Nous attendons une quarantaine de personnes. Certaines passeront la nuit à la maison et nous voyons comment les héberger. Simon, accepteriez vous de dormir sous la tente avec les enfants ?

— S'ils sont d'accord… ce sera avec plaisir. Je me mets à votre disposition pour les préparatifs.

— Parfait, s'exclama Elise. Voudriez-vous aller aux Landes aider Mathilde à couper ses lavandins ? Elle me dit que Pavel devient lunatique et qu'elle craint de ne plus compter sur lui. Je m'étais engagée à l'aider mais je suis débordée. Dites à Mathilde que j'irai la chercher dimanche vers huit heures, je compte bien qu'elle passe, cette fois, la soirée avec nous. D'habitude, dès que les préparatifs sont terminés, les premiers invités arrivés, elle retourne aux Landes.

— Oui... c'est notre quinzième méchoui ; pas une seule année, nous n'avons manqué de le faire. Nous avons souvent un évènement à fêter, mariage, naissance ou anniversaire, quand l'occasion fait défaut, nous nous contentons de célébrer l'été. Mais quel travail ! dit Charles en rassemblant ses papiers.

— J'ai une idée, cria Mathieu, cette année, on dira qu'on fête Simon.

— Si tu veux, répondit son grand-père conciliant.

Simon n'était pas allé chez Mathilde depuis une quinzaine de jours. Il s'était alors arrêté sur la colline, pause obligée pour s'imprégner de la surprenante beauté des Landes, de sa douceur humanisée dans le grand paysage sauvage, il s'y était attardé pour nourrir sa mémoire de ce qu'il pensait ne jamais revoir et voulait ne pas oublier : la vieille maison fleurie sous ses grands toits pâles, les arbres en bouquet autour de la source, le petit champ bleu. Dans les lavandins, deux silhouettes courbées se déplaçaient de touffe en touffe et parfois s'arrêtaient en un affrontement inexplicable. Une camionnette déglinguée attelée à une remorque était arrêtée tout prés. Simon s'approcha. Mathilde lui présenta Pavel qui, se redressant à peine pour le saluer, se tourna vers elle.

— Vous gênez avec votre fatigue et votre lenteur, allez vous mettre au frais dans la maison, laissez-moi travailler.

Il montra à Simon comment saisir les touffes, manier la longue faucille à pointe émoussée, sectionner les tiges à bonne hauteur et déposer la gerbe ainsi formée entre les rangs de lavandins. Cela paraissait simple mais ne l'était pas. Simon avançait lentement de pied en pied, distancé par Pavel qui se tournait de temps en temps vers lui pour surveiller sa coupe et lui reprocher sèchement de malmener les pieds.

— Enfonce ton pied dans la touffe, ne la tire pas, d'un coup tranche les tiges, reçois-les sur ta cuisse et pose-les à terre. C'est vite fait.

Ils travaillaient dans une nuée d'abeilles et de papillons bleus. En début d'après-midi, Mathilde les appela, ils se rafraîchirent à la source avant de la rejoindre. Les lavandins n'étaient qu'aux trois quarts coupés et après le repas frugal, il n'était pas question de méridienne. Pourtant encouragé par Mathilde, épuisé de chaleur, ravagé de piqûres d'insectes, peu désireux de rejoindre Pavel, ses marmonnements en Russe et sa brusquerie, Simon s'attarda dans la maison fraîche et s'assoupit sur la banquette. Quand il s'éveilla, c'était la fin de l'après-midi, les gerbes avaient été bottelées, chargées dans la camionnette pour être conduites à la distillerie. Le champ alignait ses touffes dépouillées.

Une voiture montait vers la maison, le moteur en plein effort. C'était Elise. Simon supposa d'abord qu'elle avait voulu lui éviter la longue marche jusqu'à *Dense l'ombre* mais quand elle se présenta à la porte et qu'il vit son visage, il s'avança vivement vers elle avec Mathilde et ils la soutinrent jusqu'à la banquette.

— Qu'y a-t-il Elise ? Il faut vous remettre. Prenez ce verre de génepi. Buvez, votre visage est décomposé. Vous parlerez ensuite.

— Restez près de moi, Mathilde, je vous en prie, j'ai besoin de vous. Simon, qu'est-il arrivé à Mathieu ?

En revenant de la ville, Elise avait rencontré Célestin qui sortait le troupeau...Il lui avait demandé des nouvelles de Mathieu après s'être répandu en invectives contre le berger, violeur d'enfants. Hébétée, incapable de l'interrompre, Elise avait tenté de suivre le récit incohérent qu'enfin pris de remords, il avait coupé d'un brutal - "Pour ce que j'en sais, moi ! Le garçon n'a rien, n'est-ce-pas ? C'est l'essentiel. Demandez-donc les détails à Simon, il était, paraît-il, aux premières loges..."

Il fallait une nouvelle fois tout raconter. Elise écouta Simon, la main crispée sur le bras de Mathilde.

— Si vous n'aviez pu intervenir, que serait-il arrivé à Mathieu, vous l'avez imaginé ? Selon Célestin, ce Toine serait un récidiviste, rien n'a jamais été fait pour l'arrêter. Pourquoi vous être tu, pourquoi avoir dissimulé la vérité ?

— Simon vient de vous le dire, c'est pour l'enfant qu'il s'est tu. Mathieu ne peut pas, ne veut pas comprendre la violence qu'il a subie et préfère ne pas en parler. Simon a fait un choix, peut-être bon, peut-être mauvais sur lequel vous pouvez revenir.

— Me l'auriez-vous dit, Simon ?

— J'y pensais souvent mais je ne pouvais me décider. Je craignais que vous ne supportiez pas de le savoir.

— Vous aviez raison. Rien de pire ne pouvait m'arriver. Toute l'année, en ville, on assomme les enfants de recommandations obscures - méfie-toi des gens que tu ne connais pas, dans la rue, ne parle à personne, n'accepte rien et surtout, rentre à l'heure - . Je pensais pouvoir offrir ici à mes petits-fils une jeunesse libre et des souvenirs qui enrichiraient leur vie. Je leur permettais toutes les aventures, toutes les découvertes, toutes les rencontres et il a fallu que dans nos collines, le mal se révèle à l'un deux.

Elise parlait pour elle seule, d'une voix faible et détimbrée. Mathilde se leva et ouvrit la porte en murmurant :

— Il aurait été préférable qu'elle ne l'apprenne jamais.

C'était le crépuscule, il était temps de rentrer à *Dense l'ombre* où on devait s'inquiéter de l'absence d'Elise. Simon lui en fit doucement la remarque. Elle tint Mathilde serrée dans ses bras pendant de longues minutes dans une étreinte convulsive.

Elise avait pris le volant et descendait en seconde la piste défoncée. Quand ils atteignirent la route, elle arrêta la voiture et marcha le long du talus jusqu'à un tilleul dont la ramure s'étalait en contre-jour sur la transparence du couchant. Simon l'avait laissé aller, comprenant qu'elle avait besoin de se reprendre avant de rejoindre les siens, mais elle l'appela. Quand il fut près d'elle, elle s'appuya contre le tronc, le visage tourné vers le ciel et lui demanda de chanter. Il le fit pour elle, pour l'arbre qui la soutenait, pour la nuit qui tombait et tandis que sa voix caressait la première phrase du lied "le Tilleul", Elise dans ses bras enfin pleura. La voiture de Pavel qui retournait aux Landes les croisa.

La fête

Ils en étaient aux derniers préparatifs. Avec Maghli, Simon avait approfondi et régularisé les deux fosses en bordure du riou, pour la réserve de braises et la cuisson de l'agneau puis dans la grande chaleur de l'après-midi, ils avaient allumé et entretenu le feu. Vers six heures, Charles et François les avaient rejoints, portant à l'épaule la perche sur laquelle l'agneau était embroché. Ils l'avaient installé entre deux pieux et avaient enduit sa chair pâle et ferme d'un mélange d'huile et d'épices qui grésillait sur la braise en dégageant une fumée odorante que la brise étirait au-dessus du riou. Simon avait suivi toutes les phases de la préparation du méchoui - le choix de la bête que François voulait lourde et ronde, son sanglant sacrifice chez Paul, le retour à *Dense l'ombre* avec la carcasse écorchée sur le toit de la voiture, sa conservation pendant vingt-quatre heures dans la salle d'eau qui servait d'ordinaire à la toilette. La sensiblerie de Simon s'était silencieusement révoltée à ce rituel primitif et joyeux.

Il assistait Maghli, l'aidant à tourner la perche pour changer l'orientation de l'agneau, veillant à ce que la réserve de braises ne s'épuise pas. Ils ne restaient pas longtemps seuls. Amiel les approvisionnait en boissons fraîches. Les enfants couraient autour des fosses pour alimenter le feu, badigeonner l'agneau de sauce aromatique, se tenant écartés de la chaleur intense puis s'en retournant participer à d'autres préparatifs. Conduits par Charles, les premiers invités les rejoignaient, le verre à la main, sans s'attarder, pressés de retrouver l'ombre du tilleul. De loin en loin, François venait contrôler la cuisson. Lorsqu'il décida qu'elle était suffisamment avancée, les pieux furent enfoncés pour rapprocher l'agneau des braises et lui faire prendre couleur. C'était là le secret d'un méchoui bien préparé, dit François - cuire la chair à cœur sous la peau croustillante et dorée.

Ils avaient maintenant juste le temps de se doucher et de se changer pendant que le méchoui terminait sa cuisson.

Les invités se pressaient déjà autour des tables fleuries disséminées dans le verger, admirant le buffet qui offrait entre des gerbes de blé et de lavandins un assortiment de salades, de fougasses et de pizzas. Sous le tilleul, au milieu de plateaux chargés de verres et de pichets vides, deux petits tonneaux avaient été mis en perce. La fête champêtre pouvait commencer.

La salle d'eau était mal éclairée par une ampoule nue, il y subsistait une faible odeur de boucherie. Simon laissa la porte ouverte. Le miroir lui renvoya une image qu'il eut peine à reconnaître. Il renonça cependant à se raser et s'aspergea d'eau froide. Le pantalon clair qu'il n'avait pas porté depuis son arrivée était beaucoup trop large et en dépit de la ceinture, glissait sur ses hanches. Il avait maigri plus qu'il ne le pensait.

Il s'arrêta sur le seuil. La lumière du soir douce et dorée, les grandes torches fichées çà et là en terre, les guirlandes électriques tendues d'un arbre à l'autre donnaient au décor de la fête un apprêt factice, presque théâtral. Mathilde se reposait, assise devant la véranda, un panier à ses pieds. Sa longue robe noire, son visage grave détonnaient parmi les toilettes claires et dans la joie ambiante. Simon se hâta de la rejoindre.

— Vous n'allez pas rentrer aux Landes maintenant, Mathilde. Faisons la fête ensemble !

— Elise a tant insisté que j'y ai renoncé. Quant à faire la fête - Mathilde lui sourit - il y a longtemps que personne ne m'y a conviée aussi gentiment que vous, Simon ! Asseyez vous près de moi, j'ai un message à vous transmettre, Clara s'en va demain avec des amis, vous ne la reverrez pas, elle part heureuse de n'avoir jamais douté de votre guérison et elle souhaite que vous ne vous attardiez pas ici.

— Elle n'a pas pu venir, ce soir ?

— Elle n'était pas invitée, elle n'est plus invitée depuis plusieurs années, - et Mathilde ajouta - elle a voulu prendre trop d'ascendant sur Elise et leurs relations se sont détériorées. C'était après le voyage que les Brémand venaient de faire en Inde. Elise nous parlait de la misère partout présente qu'elle avait ressentie comme une agression permanente. Elle nous a raconté son voyage en train ; dans un compartiment de première classe, elle avait dû, à chaque arrêt, s'allonger entre les banquettes pour ne pas être vue des mendiants qui se pressaient sur le quai, elle craignait que la distribution de quelques roupies ne déclenchât une émeute. Elle a aussi évoqué sa rencontre dans une ville du sud avec une vieille femme squelettique qui, en vacillant, tendait vers elle des bras décharnés sur lesquels la peau flottait comme une étoffe, elle nous a dit son refus obstiné, désespéré de lui faire une aumône inutile.

— Elise si sensible et si généreuse, murmura Simon, je ne peux pas le croire !

— Si... Vous allez comprendre. Elle nous a confié qu'elle avait eu l'intuition fulgurante d'être elle-même cette femme, vivant avec intensité pendant quelques instants son abandon, son désespoir et sa faim. Elle lui a offert son empathie et ses larmes... Vous savez certainement que Clara a fait des séjours prolongés en Inde, elle en a rapporté d'autres images, d'autres expériences. La compassion d'Elise lui a paru inutile et suspecte, pour elle, ce n'était que l'expression d'une certaine culpabilité occidentale, rendue vaine par le défaut d'action et le manque de foi. Elise se complaisait dans sa sensibilité morbide et Clara a tenté de l'arracher à ce qu'elle appelle la culture des "gratte-plaie". Elle voulait l'initier à une autre appréhension de la vie, de son mystère et de sa misère. Mais elle se méprenait sur son influence, Elise l'a rejetée et elles ont cessé de se voir. A quelles pratiques Clara a-t-elle essayé de la soumettre pour accroître ses possibilités mentales et son contrôle d'elle-même ? Dans quelles expériences a-t-elle voulu l'entraîner ? Je ne le sais pas... Elise est une écorchée vive et elle se tuera à assumer la douleur du monde !... Mais je vous ai assez retenu, Simon, allez me chercher un verre de sirop d'orgeat avant de rejoindre les jeunes.

Quand Simon revint avec la boisson demandée, un groupe entourait Mathilde. Il reconnut la jeune femme qui l'avait accueilli à son arrivée. Elle lui rappela son nom, Maria.

— Je vous confie mes amis pendant quelques minutes, Mathilde. Simon, venez avec moi à la recherche de François, c'est le seul que je n'ai pas encore vu - et elle saisit familièrement son bras. On dirait que votre sé-jour a été une réussite, vous avez une mine splendide !

Entre la pinède et la maison, François aidé par Charles débitait l'agneau fumant. Autour de la table, une vingtaine de personnes plaisantaient et se bouscu-laient. Amiel et Gertrude faisaient le service. Maria s'avança sur la pointe des pieds derrière François, lui jeta les bras autour du cou et l'embrassa sur la nuque. Il se dégagea, lui reprochant en riant la traîtrise de son at-taque. Le visage contracté, Amiel s'était tournée vers les pins et appelait les enfants.

L'odeur puissante des aromates mêlée à celle de la viande grillée soudain écœura Simon. Il s'éloigna de la table sur laquelle les restes de la carcasse éventrée bai-gnaient dans une épaisse sauce rouge et alla se restau-rer au buffet. Puis, silencieux à son habitude, il se dé-plaça de table en table pour renouveler les pichets d'eau et de vin, saisissant ici et là des bribes de conversation. Bien que l'assistance fût très composite, les paysans et les notables y côtoyaient les enseignants et les artisans, aucun clan ne s'était formé, la convivialité avait eu raison des barrières sociales et culturelles.

Il s'attarda quelques minutes près d'un groupe où la discussion devenait polémique. Gertrude parlait et la véhémence, la rapidité de son débit interdisaient toute interruption. Célestin, pour une fois réduit au silence l'écoutait tandis que son voisin de table tentait vainement de prendre la parole.

— La crise de l'enseignement en bonne voie de résolution !... Vous plaisantez, je pense. Je vous parle de mon expérience d'institutrice rurale. Depuis une dizaine d'années, je participe à des réformes contradictoires, j'ai connu des plans mis en place, dans la hâte et la désorganisation, pour servir des intérêts économiques - je pense à celui qui a doté chaque école d'un matériel informatique inutilisé et inutilisable, faute de formation et de maintenance. De stage en stage, malgré ma bonne volonté, j'ai toujours été en retard d'une méthode, d'une terminologie, d'une mode.

Une question de Célestin parvint enfin à interrompre la diatribe de Gertrude.

— On dit que les enfants ne savent ni lire ni écrire quand ils quittent l'école communale. De mon temps...

— Depuis votre jeunesse, tout a changé, Célestin, vous le savez. L'enseignement aurait dû s'adapter aux nouvelles conditions de vie. On essaie maintenant de le faire mais timidement, en ménageant le budget de l'état, les intérêts économiques et corporatifs... Quant aux enfants, certains lisent mieux qu'autrefois, d'autres lisent plus mal, cela dépend surtout de leur milieu familial et accessoirement de la qualité de leur apprentissage à l'école.

— Alors que faut-il faire, alors ? demanda Célestin dont l'intérêt pour le sujet ne cédait pas.

— Demandez à mon voisin. C'est lui qui forme et conseille les instituteurs et à défaut d'avoir ses idées sur la question, il peut vous exposer celles des chercheurs dont il applique les théories dans des classes expérimentales, bien dotées en moyens et en personnels, n'est-ce-pas, Monsieur Chaussoy ?

— Vous procédez par assertions et vous êtes incapable de faire une analyse juste de la situation. Je vous répète que nous sommes sur la bonne voie, ce sont des gens comme vous qui bloquent le processus. On ne fait pas boire un âne qui n'a pas soif, vous me comprenez, Gertrude ?

Cet aphorisme qui stigmatisait les enseignants récalcitrants aux tentatives de réforme fit rire Célestin et rougir Gertrude. Simon évita la discussion qui reprenait virulente et se dirigea vers un petit foyer sur le terre-plein derrière le tilleul. Maghli y préparait le thé. Dans la fente étroite ménagée par le voile, ses yeux soulignés de khol souriaient. Il portait la tenue, les parures et les armes touarègues et s'offrait avec dignité à l'admiration de ceux qui l'entouraient. Simon y retrouva Elise à demi allongée sur un tapis et couché à ses pieds, Victor, le surprenant spécialiste des Tifinaghs.

Les longues mains brunes de Maghli, lourdement baguées, virevoltaient au-dessus des braises, la gandoura sombre, repliée à l'épaule, dénudait son bras fin et musclé qu'enserrait un anneau de pierre. Hiératique et fascinant, il rendait vie à la légende des hommes bleus qu'avaient nourrie et entretenue tant de récits nostalgiques ou mythiques.

— Tu prends du bon temps, Simon ?

Sa voix légère, son accent chantant surprenaient toujours. Le tutoiement subit introduisait entre eux de la familiarité et de la connivence et Simon lui demanda où il avait appris le français.

— Mon père était chef de tribu, il croyait au progrès et il a voulu que j'aille à l'école. J'étais interne, je m'ennuyais, je travaillais mal. Je me suis enfui pour rejoindre notre campement. Au moment des troubles avec les autorités nigériennes - l'armée a massacré des Touareg - j'ai dû quitter le pays. J'ai vécu en Algérie, en Lybie puis en France pour des études hôtelières dans une ville du midi. Depuis deux ans, je suis rentré chez moi, je gère un hôtel. La saison ne dure que quelques mois, j'ai le temps de m'occuper des chameaux qui me restent et d'accompagner les voyages de François.

Pendant qu'il lui parlait, Maghli n'avait cessé de manipuler les théières et les verres, il les remplissait d'un long jet ambré qu'un geste précis de son poignet coupait net à quelques millimètres du bord, aucune éclaboussure ne tachait le plateau émaillé au-dessus duquel il officiait. Il passait maintenant les verres à la ronde.

Simon but avec plaisir le liquide âcre et parfumé. Maghli avait glissé le verre sous son voile.

— Tu bois comme un chameau, dit-il, le thé, il faut l'aspirer comme cela - entends- tu ? - et très peu à la fois.

Ils en burent rituellement trois verres. Assise en tailleur près d'eux, Elise, réconciliée avec la nuit, désignait les constellations et les étoiles à Victor qui mimait ses gestes et dont les lèvres malhabiles tentaient de former en silence les noms de Cassiopée, de Véga, Deneb et Altaïr. Elise sourit à Simon

— Je connais Victor depuis longtemps. Nous étions à l'école ensemble. A l'époque, dans notre petite ville, il n'y avait pas d'enseignement adapté aux enfants différents des autres. Comme il n'apprenait rien, il a fait toute sa scolarité dans les petites classes. Les grands se moquaient parfois de lui, il était sans défense et dépourvu de rancune. Je l'ai pris sous ma protection. Depuis il n'a jamais cessé de me témoigner sa reconnaissance.

Les tables étaient désertées. Autour des foyers qui rougeoyaient encore, les hôtes se redressaient et un léger brouhaha annonçait la fin de la soirée. Simon eut soudain un grand désir de solitude.

La cabane

La nuit était claire et bruissante. Il voulut profiter de sa fraîcheur avant de rejoindre les enfants dont il voyait les ombres gesticuler et se déformer sur la grande tente qu'ils allaient partager. Il marcha vers la pinède, la lune, haute dans le ciel, guidait ses pas. Au premier pin, il s'arrêta et se retourna vers la maison. Les dernières voitures s'éloignaient en convoi, clignotant de leurs feux de détresse en signe d'adieu. Une voix appela Amiel avec insistance ; un dernier véhicule quitta *Dense l'ombre* et prit le chemin des Landes. Il observa encore quelques instants l'animation sur la terrasse puis les yeux fermés, écouta les bruits de la nuit. Venant d'un point d'eau lointain, le continuo des grenouilles soutenait le chant des courtilières et des grillons ; en contrepoint, un petit-duc répétait sa note brève et flûtée. Un souffle frais passa sur ses épaules et il perçut une étrange dissonance, gémissement animal et ténu que la brise portait jusqu'à lui. Il entra dans la pinède, la clarté de la lune s'y perdait et il avança à tâtons sur le chemin bien tracé, retenant le bruit de ses pas. La plainte montait, coupée de sanglots, s'étouffait puis dominait, humaine, le chant des bêtes nocturnes. De la cabane filtrait une lueur vers laquelle il se dirigea. Il trébucha sur une racine, la lumière s'éteignit et la voix se tut. Il s'arrêta, hésitant à se nommer, à s'approcher.

— C'est toi François ? murmura Amiel.

Dans la cabane, l'obscurité était telle qu'il heurta ses jambes allongées parmi le bric à brac des enfants. Son corps s'agitait convulsivement, ses poings martelaient le sol. Il s'assit contre elle et parvint à immobiliser ses mains. Pour mieux la tenir et tenter de la calmer, il glissa un bras sous son buste, le souleva et posa sa tête et ses épaules contre lui. Le cou d'Amiel brûlait, il y écrasa des larmes sous ses paumes. D'un bref éclat de la lampe, il éclaira son visage renversé, ses yeux clos. Par touches légères, effleurements à peine sensibles, il s'appropria sa beauté. Il suivait la longue courbe de ses sourcils, l'arête fine de son nez, ses douces narines ; il remontait du menton aigu aux tempes battantes. Ses doigts s'attardaient entre les lèvres ouvertes, sur le modelé des pommettes et glissaient vers les épaules dénudées. Amiel s'était apaisée. Simon voulut partager avec elle l'intensité de son émotion mais il ne savait pas les mots du plaisir, les mots pour l'amour.

Il chuchota, ses lèvres contre celles d'Amiel :

— Ah ! La gioia m'innonda. Si fieramente...che ansante mi giacio. Un bacio...

126

— Ah ! La joie m'inonde. Si intensément... qu'haletant je m'étends. Un baiser…

Oui, un baiser qui fait se mêler les salives en ruisseaux, battre les cœurs et les sexes. La main de Simon remonta la jupe en une caresse, s'attarda sur la cuisse d'Amiel puis doucement, doucement chercha sa voie.

Quand Amiel posa sa main sur son poignet, il crut qu'elle voulait guider et appuyer sa caresse mais elle resserra brutalement son étreinte et avec une vivacité contre laquelle il ne put rien, souleva son bras jusqu'à sa bouche et le mordit cruellement. Elle haletait, il inspira son souffle chaud, imprégné d'alcool fort tandis que la douleur et la frustration lui mettaient les larmes aux yeux.

— Je ne te demande pas pardon, dit-elle enfin, mais de me comprendre - personne ne pourra me faire oublier que j'aime François. Tu as abusé de ma faiblesse.

— Oh, non ! Je n'ai abusé ni de votre faiblesse, ni de votre ivresse, vous sembliez consentante.

Il se releva à demi pour quitter la cabane, Amiel enlaça ses jambes, il tomba à genoux en face d'elle.

— Pardon, Simon, pardon. Je suis atroce. Montre ton bras.

La lampe éclaira le double arc tuméfié et sanguinolent qu'Amiel regarda avec horreur. Elle suivit de ses doigts tremblants les contours de la morsure puis elle saisit une bouteille dissimulée sous un coussin, humecta un coin de son foulard et en tamponna son bras. Il sursauta sous la brûlure de l'alcool.

— Ne bouge pas, dit Amiel, laisse-moi panser ton bras. Comment ai-je pu faire cela !

La lumière ne touchait que leurs jambes et laissait leurs visages dans l'ombre. Simon tendit la main et toucha la joue d'Amiel, elle pleurait encore.

— Tu sais, Simon, ce geste n'était pas tourné contre toi mais contre moi-même - il m'a interdit le plaisir que j'attendais, il a anéanti notre désir. Quand tu m'as rejointe, j'étais en pleine crise de... désespoir - Amiel avait hésité avant de prononcer ce mot et Simon s'était retenu pour ne pas lui souffler celui plus juste d'éthylisme - Je t'ai identifié tout de suite dans l'obscurité, c'est ton silence qui t'a trahi ; tout autre que toi aurait parlé, m'aurait questionnée. Tu m'as prise contre toi, la douceur de tes mains m'était un réconfort, un plaisir intense. Je devais y résister... Me pardonnes-tu ?

— N'en parlez pas et ne pleurez plus.

— J'attends de François ce qu'il ne peut ou ne veut me donner - un amour aussi exclusif que le mien. Ce soir, accaparé par Maria, - elle était pourtant mon amie avant de devenir la sienne - il a oublié jusqu'à mon existence. Ils ont parlé, ils ont ri et fait des projets dont j'étais exclue. De loin, je les regardais, si proches l'un de l'autre - ils ont la même insouciance, le même bonheur à vivre, la même lumière dans les yeux. Pas une fois, il ne s'est approché de moi, il ne s'est inquiété de moi. Pendant toute la soirée, j'ai bu en assurant le service du repas - j'aime l'exaltation que procure l'alcool. Quand j'ai senti que je ne pouvais plus dissimuler mon état, je me suis réfugiée ici pour pleurer, sangloter et gémir jusqu'à en perdre le jugement, je connais mieux que tout autre le plaisir des larmes. François ne m'aime pas, Simon, il ne me comprend pas, il me supporte. Tout en moi est ressenti et exprimé de façon négative - je souffre davantage de son absence que je ne suis touchée par la joie de son retour, la jalousie et l'alcool m'enivrent, le bonheur me laisserait sans doute indifférente.

Amiel parla longtemps. L'excitation intellectuelle et psychique entretenue par l'alcool nourrissait son discours haletant où la lucidité et la confusion se succédaient dans l'expression de l'amour, de la jalousie et de la culpabilité. Elle se sentait, se voulait coupable d'être telle qu'elle était - rien dans son caractère, dans son physique, dans son intelligence ne valait qu'on l'aimât et elle souhaitait qu'on la laissât se livrer à son démon. Simon ne savait où elle puisait l'inspiration désespérée qui la faisait se confier mais il avait compris qu'il ne pouvait rien contre l'enfer dérisoire auquel elle se vouait et condamnait ceux qu'elle aimait. Comme une enfant, elle berçait sa douleur inutile dans une psalmodie ininterrompue de soupirs où le nom de François se mêlait à une promesse - plus jamais. Quand enfin elle se tut, Simon alluma la lampe et éclaira son visage. Elle semblait assoupie. Il essuya ses dernières larmes et la salive qui coulait de sa bouche entr'ouverte, il lissa ses cheveux le long de ses joues, remonta les épaulettes de sa robe et recouvrit ses genoux. Elle était belle, son corps et son visage n'étaient pas marqués par les excès de la nuit. Il posa un baiser à la commissure de ses lèvres, prit la bouteille de vodka cachée sous le coussin et quitta la cabane.

La terrasse était encore éclairée. Têtes rapprochées, Maria et François regardaient une carte routière. Dissimulé dans l'ombre, il les observa - aucune équivoque dans leur attitude ; François devait parler de son prochain voyage, on entendait sa voix assourdie qu'interrompait parfois le timbre à peine plus clair de Maria. Simon laissa la bouteille sous une touffe de genévrier et s'approcha d'eux.

— Nous vous croyions couché depuis longtemps, lui dit François tandis que Maria souriait.

— Je me suis promené, la nuit est si belle. En passant devant la cabane des enfants, j'ai vu de la lumière, j'y suis rentré et j'y ai trouvé Amiel endormie. Je n'ai pas osé la réveiller, il ne faudrait pas qu'elle passe la nuit dehors.

François replia la carte et se leva. Il avait soudain l'air las et soucieux. Il embrassa distraitement Maria et lui souhaita une bonne nuit. Son regard s'attarda sur le foulard noué autour du bras de Simon puis remonta jusqu'à son visage empourpré qui se détourna, gêné. François lui posa la main sur l'épaule.

— Ce n'est rien, Simon. Ne vous inquiétez pas, je vais m'occuper d'Amiel.

Le départ

Simon était sur le chemin entre Charles et Elise. Les derniers invités étaient partis dans la matinée, les rois mages et leurs parents venaient de les quitter. Les apartés et les rumeurs qui avaient précédé leur départ avaient fait comprendre à Simon à quel point celui-ci était imprévu et précipité.

Ils avaient eu une journée éreintante avec la remise en état de la maison et les préparatifs du voyage. Simon avait à peine entrevu Amiel qui s'affairait dans la cuisine et les chambres. Quand tous s'étaient enfin réunis autour de la voiture chargée, il avait douloureusement scruté son visage mais de larges lunettes sombres en masquaient l'expression, donnant à sa bouche une importance cruelle. François l'avait menée par la main jusqu'à Simon et ils avaient échangé des adieux contraints, interrompus par les enfants qui se bousculaient pour lui sauter au cou. Gertrude l'avait arraché à leur étreinte et serré dans ses bras. La chaleur de son adieu l'avait surpris.

— Merci pour tout ce que vous avez fait pour les enfants. Mathieu s'est beaucoup attaché à vous, Simon. Donnez-nous votre adresse. Il voudra certainement vous écrire et j'aimerais le faire également. Nous ne voulons pas vous perdre.

Maghli était aussi du voyage, il avait murmuré en Tamacheq quelques phrases harmonieuses et incompréhensibles puis avait ajouté avec son incroyable accent méridional :

— Viens au Niger faire une balade avec les chameaux.

Montés dans la voiture, les rois mages, à genoux sur la banquette arrière, avaient agité leurs mains en criant des au revoir qu'on entendait plus. Eprouvés par la fatigue et l'émotion de la séparation, Ils étaient restés longtemps immobiles, face au chemin désert.

— Allons, dit enfin Charles, secouons-nous, il y a encore à faire. Il faut rapporter les tables et les chaises au foyer rural.

— Ne compte pas sur moi. Ce soir, je suis trop fatiguée. Demain matin, je monterai aux Landes voir Mathilde, je veux partager avec elle les restes de fruits et de fromage.

— M'accompagnerez-vous, Simon ? demanda Charles.

— Il faut que je me décide à vous quitter mais demain, je serai encore là pour vous aider.

Simon suivit Elise sur la terrasse, ils s'assirent sous le tilleul, sensibles au poids insoutenable du silence et du calme retrouvés.

— Vous aussi, vous parlez de partir, Simon.

— Je suis resté bien plus longtemps que prévu et j'ai assez abusé de votre hospitalité.

Elise soupira.

— La séparation, l'été qui décline, c'est le temps de la mélancolie... Le départ des enfants m'attriste, ils devaient rester encore une semaine et partir après vous. Je me demande ce qui les a décidés à avancer leur séjour en Bretagne, encore une fantaisie d'Amiel. Chaque année, ils y passent quelques semaines chez un ami de François, Eric... Eric est le père de Mathieu.

— Jean et Mathieu ne m'ont jamais parlé de leur père.

— Ils n'ont pas le même père. Jean avait dix-huit mois quand Gertrude a divorcé pour vivre avec Eric. Elle a vécu avec lui un an à peine. La compagnie pétrolière qui l'employait l'a envoyé au Koweit et Gertrude a refusé de l'accompagner, elle ne voulait perdre ni son travail, ni son autonomie. Je crois surtout que son amour pour Eric n'a été qu'un feu de paille et qu'elle a saisi l'occasion de s'en séparer. Eric s'est trouvé une nouvelle compagne et Gertrude assume seule sa double maternité. Mathieu ne voit son père que de loin en loin, surtout pendant les grandes vacances, quant à Jean, il ne connaît pas le sien et je ne le regrette pas ! C'est un être égoïste et prétentieux qui a fait beaucoup de mal à Gertrude. Comme elle, il était enseignant mais ne travaillait qu'à mi-temps pour se consacrer à la création, vous savez, ce genre de productions qui rebutent le public et n'intéressent qu'un cercle restreint d'artistes qui s'encensent et se jalousent mutuellement. Tout à ses activités dévoreuses de temps et d'argent, il laissait ma fille seule avec son bébé, dans un quasi dénuement... Mes filles n'ont pas la vie que je leur aurais souhaitée et j'en porte certainement, en tant que mère, une part de responsabilité. Mais que faire pour elles ? Que faire pour Amiel ? Si vous saviez quelle merveilleuse enfant c'était !

Tandis qu'Elise parlait, les yeux fixés sur la colline, Simon l'imaginait quittant la maison encore endormie, sa fille à la main, pour s'élancer à travers vallons et crêtes à la rencontre du soleil, il entendait les mots et le rire de l'enfant - sa voix d'oiseau chanteur disait Elise - et en pensée, partageait avec elles le plaisir de l'air matinal, la joie de la découverte, un fragile instant de bonheur.

— Amiel, reprit Elise, je l'ai perdue à son adolescence. Son caractère, son comportement ont changé. Elle devenait apathique et dépressive, elle perdait le sens du réel. Nous avons mis longtemps avant de reconnaître qu'elle était malade. Il a fallu interrompre ses études et la faire soigner. Elle s'est bien remise mais je la sens toujours fragile et vulnérable... Enfin, soupira Elise, je ne peux plus rien pour mes filles, elles se refusent aux confidences et rejettent les conseils, ne demandant qu'une affection discrète et les services d'une intendante pendant leur séjour à *Dense l'ombre*. Cette année, si Amiel accompagne François en Afrique, je n'aurai même plus la garde du petit Luc, il entre au cours préparatoire et doit avoir une scolarité suivie, Gertrude y veillera. Je suis maintenant disponible et inutile, c'est parfois le sort des femmes vieillissantes...

Le sourire d'Elise corrigeait l'amertume de ses paroles, elle ajouta d'un ton plus léger :

— Pouvez-vous me dire, Simon, pourquoi on se confie si facilement à vous ? Peut-être à cause de votre silence ou de la qualité de votre écoute, à moins que ce ne soit pour l'intérêt que vous semblez nous porter. Mathieu vous a-t-il reparlé du berger ?

— Non. Je souhaite qu'il l'ait oublié.

— J'en doute car il n'a pas oublié ce qu'il vous devait.

Ce matin, il a beaucoup insisté auprès de François pour vous emmener en Bretagne ; il avait tout prévu, votre place dans la voiture, l'endroit où vous dormiriez et ce qu'il raconterait à son père pour expliquer votre présence. Il a été difficile de le convaincre que c'était impossible. Toute la famille est au courant maintenant et nous pouvons faire confiance à Gertrude pour qu'elle amène doucement Mathieu à parler de l'agression qu'il a subie... Moi, je n'oublierai pas et je ne pardonnerai jamais qu'on ait laissé impuni ce pédophile ; tant qu'il ne sera pas arrêté, enfermé et soigné, que ne fera-t-il pas ? Souvenez-vous du Roi des Aulnes, Simon !

Il posa sa main sur le bras tremblant d'Elise.

— Je vous en prie, oubliez tout cela, cette soirée est probablement la dernière que je passe chez vous et je serais heureux que nous en profitions ensemble. Montons sur la colline.

Elise appela Charles mais il avait regagné son bureau et refusa la promenade. Les jours devenaient plus courts, la grande lumière blessante de l'après-midi s'estompait, l'ombre s'adoucissait et une transparence verte naissait au couchant. Le soleil avait déjà disparu.

— Cette heure a été longtemps la récompense de mes journées, dit Elise. Sa beauté répondait à mon besoin d'harmonie et me dispensait un instant de sérénité - l'impression fulgurante mais vite dissipée que le monde avait sa raison d'être, aussi imparfait qu'il soit et que j'y avais ma place. Ce soir, je suis épuisée ; continuez la promenade sans moi, Simon.

La promenade ne tentait plus Simon mais il n'osa pas rentrer avec Elise. Il cueillit plusieurs brins de lavande, ils composeraient, défleuris et secs, le bouquet fragile dont la senteur persistante, entre les pages d'un livre ou d'une partition, évoquerait dans toute sa plénitude sa saison dans les hautes terres. Mais il se trompait, il n'aurait jamais recours à leur odorant support pour se rappeler ses derniers jours à *Dense l'ombre* dont le souvenir s'imposerait, douloureux, irrépressible, empoisonnant ses journées, ses nuits et ne cédant qu'à l'exorcisme du chant.

Mathilde

Ils perdirent beaucoup de temps pour rapporter le mobilier au foyer rural dans une remorque - la porte était fermée et la clé n'était pas à l'endroit prévu. Il fallut trouver la femme qui en avait la responsabilité ; elle travaillait chez son gendre et ils durent explorer plusieurs vergers avant de la découvrir, juchée sur une échelle, en train de cueillir des pêches.

— Tenez, la voilà, dit-elle en sortant la clé de sa poche. Ce matin, j'ai oublié de la glisser sous le pot de géranium. Puisque vous êtes là, prenez donc une clayette de fruits, ce sera pour le dérangement.

Les pêches offertes étaient trop mûres pour être vendues au marché. Simon en goûta une dont le jus sucré et insipide ruissela sur ses mains et son menton. Charles dit que cette variété n'avait de remarquable que sa beauté, une peau pourpre sans défaut, un monstrueux calibre et à condition qu'elle ne soit pas cueillie à maturité, une bonne résistance au transport. Il lui parla avec passion des espèces anciennes dont la culture peu rentable avait été abandonnée, pêches blanches si fragiles qu'un doigt marquait leur chair, abricots pâles, sapides et sucrés comme un miel, cerises dont la pulpe fine avait un goût de noyau. Il citait le nom de chaque variété - toute occasion lui était bonne pour faire montre de son savoir éclectique. A vrai dire, bien que le côtoyant quotidiennement depuis un mois, Simon le connaissait mal et sa personnalité lui échappait tout-à-fait. Il vivait dans son bureau, ne participant à la vie familiale qu'au moment des repas au cours desquels il remettait le monde en question, exposait ses projets pour le changer et discutait de ses actions en cours. Tout à ses réflexions, à son engagement, il ne semblait voir les siens que comme témoins et disciples de la mission qu'il s'était fixée.

Ils auraient dû rejoindre Elise aux Landes mais Charles avait un rendez-vous téléphonique urgent et voulut retourner sans tarder à *Dense l'ombre*. Alors qu'ils descendaient de la voiture, Simon perçut des appels lointains.

— Entendez-vous ? Ce ne serait pas Elise ?

Charles écouta un instant, hocha la tête et rentra dans la maison. Le silence n'était plus troublé que par la stridulation des insectes. Simon s'approcha de la lisière du champ, une petite silhouette bleue avançait en titubant dans les chaumes, c'était bien Elise. Il s'élança à sa rencontre - quelque chose n'allait pas, quelque chose de grave - il ne s'agissait pas d'une fatigue passagère, elle avançait avec une extrême lenteur et son visage en dépit de la chaleur était blême.

— Appuyez-vous sur moi, Elise.

Que vous est-il arrivé ?

— Mathilde est tombée. Vite, appelez l'hôpital, faites venir une ambulance. Il faut la secourir tout de suite.

Elle inspirait par saccades violentes et serrait ses mains sur sa poitrine pour maîtriser les battements fous de son cœur, ses bras et jambes nus étaient souillés de poussière et meurtris par ses chutes. Simon l'abandonna dans le champ pour reprendre sa course vers la maison. Charles obtint immédiatement l'hôpital et demanda que l'ambulance s'arrêtât chez lui. Ils rejoignirent Elise.

— Ne t'inquiète plus, l'ambulance sera ici dans une demi-heure, nous l'accompagnerons aux Landes.

— C'est trop tard, Mathilde est mourante. Tu devais venir, je t'ai attendu en essayant de la ranimer. Elle a repris conscience au moment où je décidais de partir et j'ai pu lui faire comprendre que j'allais chercher du secours.

— Que s'est-il passé ?

— Elle est tombée d'une échelle, elle devait essayer de réparer la fixation du volet de sa chambre.

— Ça devait arriver, dit Charles. A son âge, on ne vit pas seule dans une masure sans téléphone.

— Non, ça ne devait pas arriver, cria Elise, pas de cette façon. Sa chute l'a brisée et elle a passé des heures et des heures à souffrir, allongée dans ses déjections. Elle s'est traînée jusqu'à la porte. Comme elle a dû m'attendre ! Et je n'ai rien pu faire d'autre que la nettoyer et la réchauffer. C'est atroce.

— Viens te reposer, tu n'en peux plus.

— Non, je veux retourner aux Landes, cria Elise, tu ne comprends pas, j'agonise avec elle.

L'expression de la douleur excédait ses forces, sa voix se brisa et elle tomba à genoux, le front dans la poussière. Charles lui releva la tête et la gifla sèchement. Simon l'aida à monter Elise dans sa chambre.

— C'est une crise nerveuse, murmura Charles en refermant doucement la porte. Elise en a parfois quand elle est émue ou contrariée. Elle va pleurer puis se calmer. J'aimerais quand-même que le médecin la voie. Prenez donc la voiture et allez aux Landes. Je vous rejoindrai avec l'ambulance. Je vais tout de suite téléphoner aux voisins, il est possible qu'on ait besoin d'eux.

La conduite n'était pas familière à Simon mais les quelques leçons qu'il avait prises lui permirent de rouler doucement jusqu'en bas de la piste où il abandonna la voiture. Il se hâta vers la maison. Devant le seuil, à côté du laurier fleuri, un drap tendu entre deux chaises formait l'abri sous lequel Mathilde était allongée. Il s'agenouilla près d'elle. Son visage avait perdu sa gravité soucieuse, les rides qui le marquaient s'étaient atténuées, un sourire inattendu en adoucissait l'expression mais ses yeux sombres étaient sans vie. Il n'osa la toucher et pendant sa longue attente, il dit et répéta son nom comme si sa voix pouvait nier l'évidence de la mort.

— Reculez-vous, Simon, le médecin va l'examiner.

Charles avait posé sa main sur son épaule. Simon se releva et se tint à l'écart, essuyant ses yeux. Un groupe se serrait autour de Mathilde : Pierre, sa vieille mère et deux hommes en blouse blanche qui la posèrent sur un brancard dans la maison où il les rejoignit. Le médecin fit un rapide bilan.

— Les deux fémurs sont fracturés, il y a certainement aussi des lésions internes. Elle est morte d'épuisement après de longues heures de souffrance. Je vais délivrer le permis d'inhumer.

Ils s'assirent en silence dans la grande salle. Simon souhaitait rentrer à *Dense l'ombre* retrouver l'asile de sa chambre, s'y terrer pendant les heures chaudes et partir le soir même, fuir ce pays et y laisser la douleur de son étrange parcours. Mais Charles en avait décidé autrement.

— Il faut nous occuper de Mathilde même si l'imprévu et la brutalité de sa mort nous bouleversent. Je vais déclarer le décès et organiser les obsèques. Simon, vous allez chercher dans ses papiers, elle a peut-être laissé des instructions, essayez aussi de trouver l'adresse de Clara.

— Que vont devenir ses bêtes ? demanda Pierre.

— Prenez-les. Simon vous aidera à les monter dans votre camionnette. Si l'état d'Elise le permet, je reviens en fin d'après-midi.

L'ambulance emporta Charles et Mathilde. Simon resta un long moment avec Pierre et sa mère qui ressassaient les mêmes questions : Pourquoi a t-elle voulu remettre seule la fixation du volet ? Pourquoi Pavel ne l'a-t-il pas fait ? Quel bon à rien celui-là ! Combien de temps est-elle restée allongée sur les pierres de la cour ? Exaspéré, il les quitta et alla se rafraîchir à la source. Comme le jour de sa première visite aux Landes, il s'assit sur le bassin de pierre. Sous la lumière blanche de midi, le paysage qu'il avait tant aimé lui apparut dans toute sa souffrante aridité : les touffes grisâtres des lavandins, les arbres maigres dont le feuillage épuisé jaunissait, les murets de pierres sèches dressés sur leur ombre noire. La disparition de Mathilde avait dépouillé les Landes de leur magie et il n'y voyait plus que le terrifiant mystère de la mort. Il remonta lentement vers la maison.

Pierre et Aglaé prenaient une collation qu'il refusa de partager.

— Vous avez tort, il ne faut pas vous laisser pâtir, dit la vieille femme en lui tendant une assiette garnie de tomates et de fromages de chèvre.

Après avoir mangé et remis la salle en ordre, ils montèrent sans grande difficulté les deux chèvres dans la camionnette de Pierre. Elles étaient affamées et quelques poignées de céréales vinrent à bout de leur résistance. Un panier de lapins, un autre de volaille complétèrent le chargement, les deux vieux se serrèrent sur la banquette avant et Simon resta seul aux Landes.

Les volets et la fenêtre de la chambre avaient été fermés. Au chevet du lit, en hommage à Mathilde, la flamme jaune de deux bougies collées sur une assiette creuse éclairait doucement la pièce. Simon s'assit et s'accoutuma à la pénombre. Où trouverait-il ce qu'il devait chercher ? La chambre était vaste et peu meublée : sur le mur du fond, face au lit, une grande étagère chargée de livres et d'objets, de chaque côté de la fenêtre, une table à tréteaux encombrée de papiers et un petit secrétaire dont les formes élégantes témoignait d'une autre vie, ailleurs. Il alluma et demanda mentalement pardon à Mathilde de forcer l'intimité qu'elle avait préservée pendant de longues années. Il s'approcha de l'étagère. Des centaines de livres y étaient alignés, ménageant entre eux, ici et là, des niches profondes pour des poteries et des pierres sculptées dont la décoration et l'inspiration évoquaient le Mexique préhispanique : vases polychromes empruntant leur forme à un bestiaire effrayant, statuettes d'argile peinte, grimaçantes et emplumées, petits dieux inconnus parés de tiares et de boucles d'oreilles. A peine visible sous un atlas du monde, une boîte à gâteaux révéla son pauvre contenu, de la petite monnaie, une liasse de billets, une photo ancienne, abîmée, comme froissée d'avoir été trop regardée : Pavel et Mathilde dans les lavandins, lui souriant, tourné vers elle, elle, la jeunesse retrouvée, s'appuyant contre lui.

Simon s'approcha de la table, des plantes séchées étaient collées sur des feuilles éparses. D'une grande écriture aigüe, Mathilde avait noté leurs noms scientifique et vernaculaire, la date et le lieu de leur cueillette. Simon en fit une pile qu'il glissa dans un dossier marqué « Herbier » mais il laissa ouverts, tels que Mathilde les avait pour la dernière fois consultés, deux livres de botanique, l'un en Français, l'autre en Espagnol.

La clé était sur la serrure du secrétaire qu'il ouvrit après un long temps d'hésitation. Il y découvrit les lettres de Clara classées selon leur chronologie.

Le cachet de la poste lui indiqua que la dernière datait de six mois. Il la parcourut, espérant y trouver des renseignements concernant ses projets, Clara faisait allusion à son prochain retour en France mais elle n'écrivait pas si elle avait ensuite l'intention de renouveler son séjour au Guatemala. Il nota cependant l'adresse compliquée de la communauté villageoise qui l'avait accueillie et relut le paragraphe auquel la mort de Mathilde donnait un sens quasi prophétique.

« Nous avons, l'une et l'autre, décidé de fuir, par des voies différentes mais également pleines de risques, la société matérialiste dans laquelle l'humain se dévoie. J'y reviens parfois pour mettre mes dons et mes recherches au service de ceux qu'elle est impuissante à satisfaire ; tu y vis en marge, ayant renoncé à tout, sauf à toi-même et contre toute raison à Pavel. Je ne t'inciterai jamais à épargner la souffrance à ton corps, à te remettre entre les mains de ceux qui pourraient enfin veiller à son confort et surveiller sa santé ; pas plus que je ne m'engagerai à rester avec toi quand le moment en sera venu. Que ta volonté soit faite ! Je me défends de toute inquiétude à ton sujet. Ton esprit est indestructible. Je t'aime et ta pensée ne me quittera pas ».

Au verso de la lettre de Clara, Simon reconnut l'écriture de Mathilde…

« Je croise parfois son regard mais quel regard, intense et doux, comment y répondre ? Un jour peut-être… Poser la main sur son bras, le regarder avec une avidité sans contrôle, je me l'interdis. Je détourne les yeux et commence à lui parler des sujets qui l'intéressent, essayant de poser les questions justes. Je fixe ses mains larges, ses doigts épais, des mains de conducteur d'engin, d'ouvrier agricole, de berger, à la paume abîmée, calleuse contrastant avec ses ongles coupés courts, curieusement soignés. Je sais leur habileté à soulever des machines, réparer des moteurs, soigner le bétail et les imagine sur moi, douces et hésitantes. Maintenant à chaque rencontre, je l'embrasse selon la règle du pays, comme j'embrasse mes voisins. Longtemps, je lui avais pourtant serré la main en me demandant ce qu'il pouvait en penser, habitué certainement à être tutoyé et embrassé par toutes ses pratiques et s'étonnant peut-être du traitement spécial que je lui réservais. Un jour, enfin, je l'ai accueilli, poings serrés dans mes poches pour ne pas lui ouvrir les bras et j'ai chichement posé un baiser sur sa joue, prête à savourer l'âpreté de sa barbe naissante, le goût salé de sa transpiration   et souffrant de ne pouvoir me serrer contre lui, le corps de mon désir, ma chimère, mon interdit, un vide que rien ne peut combler, ni la marche dans la garrigue, ni la distraction de la lecture, ni la plénitude de l'été. Il est là, proche, inaccessible et en moi, avec le désir qui stimule, affute l'esprit, affine les sens, la naissance d'un manque ressenti à la fois comme douleur et jouissance : *le désir avide de n'être jamais assouvi**. Le travail terminé, il part, je ne le regarde pas s'éloigner mais j'écoute décroître le bruit la camionnette sur la piste. Je rentre le cœur battant, oppressée, frustrée. Un jour peut-être, je lui demanderai de rester. Pavel, parfum de lavande et couleur de miel ».

La suite était illisible, barrée, raturée. Simon plia la lettre et la dissimula entre deux feuillets de l'herbier, espérant ainsi préserver le secret de Mathilde. Il entrouvrit chacun des petits tiroirs du secrétaire ; la plupart étaient vides. Il y trouva un livret de caisse d'épargne et un passeport diplomatique contenant une coupure de journal. Il apprit ainsi que Mathilde Dalembert avait été consul au Mexique et qu'elle était rentrée définitivement en France, l'année même où un certain Ignacio Mendez Ortiz avait été victime d'un attentat politique. L'article en Français s'étendait sur deux colonnes, de part et d'autre du portrait d'un métis dont la beauté devait autant à l'harmonie des traits qu'à la noblesse de l'expression. Il y était rappelé sa brillante carrière scientifique à l'Instituto d'Antropologia, son travail avec les archéologues étrangers et son engagement politique aux côtés des campessimos indiens ; il n'était fait aucune hypothèse sur les raisons de l'attentat, de ses auteurs présumés et il était affirmé que des regrets unanimes ne manqueraient pas de saluer sa disparition. Simon rangea dans le passeport la coupure de presse jaunie par le temps et les manipulations.

Mathilde n'était pas de celles qui dressent des autels au souvenir, rendent un culte à leurs morts et nourrissent leur douleur mais elle n'avait pas voulu abolir complètement son passé et en avait conservé les reliques essentielles.

La flamme des bougies s'était noyée dans la cire. Simon, pensif retourna à la voiture, regrettant d'en avoir appris sur Matilde plus qu'il n'aurait dû.

À *Dense l'ombre*, Elise s'affairait comme à son habitude dans la cuisine, elle semblait détachée, apaisée. Simon lui remit une adresse où joindre Clara ainsi qu'une de ses lettres. Elise la lut puis murmura : « La sérénité de Mathilde n'était que façade, sa relation avec Pavel n'était peut-être pas telle que je le pensais, elle lui a trop donné, elle en a certainement souffert. Simon vous remettrez ces papiers à Charles, il verra ce qu'il peut en faire ».

Belle du seigneur

Il n'y eut pas de service religieux mais un simple enterrement dans le petit cimetière commun aux villages et aux hameaux qui dispersaient leurs "campagnes" sur le plateau. Le cercueil fut sorti de la voiture funéraire et posé sur un charreton tendu de noir que le cantonnier tira dans les allées : le suivaient quelques vieilles femmes endeuillées, Pierre qui soutenait sa mère, Charles et Simon. Elise qui n'avait pas assisté à la levée du corps à l'hôpital les rejoignit, une gerbe de fleurs sauvages dans les bras. Ils longeaient des tombes anciennes aux inscriptions à demi effacées, aux croix rouillées sur lesquelles les offrandes n'étaient plus que restes brisés et fanés et où les « Souvenir éternel » se délitaient au fil des ans. Quelques monuments et chapelles tout aussi mal entretenus attestaient, ici et là, d'une prospérité passée. Le charreton s'arrêta à l'extrémité du cimetière où à côté de tertres fleuris supportant chacun une pierre gravée, la tombe de Mathilde était creusée. A l'aide de cordes, ils y descendirent lentement le cercueil dont les parois raclèrent la terre sèche, arrachant des cailloux qui tombaient sur le bois avec un bruit mat. Ils se relayèrent pour combler la tombe sous le regard absent d'Elise. Les vieilles femmes s'étaient éloignées vers leurs sépultures familiales où après un court moment de recueillement, à gestes menus et souffrants, elles accomplissaient le rituel du souvenir, se courbant pour arracher quelques mauvaises herbes, essuyant un vase poussiéreux et marchant à pas traînants jusqu'à la fontaine. Simon avait rendu la pelle au cantonnier, la terre montait régulièrement et l'on n'entendait plus l'insupportable bruit de sa chute sur le cercueil.

Au moment de la mise en bière, à l'hôpital, Simon avait glissé entre les doigts raidis de Mathilde le crucifix mexicain que lui avait donné Clara, c'était sa juste place. Il n'avait pu supporter qu'on l'inhume, ainsi dépouillée, sans un objet qui rappelât sa vie et sa douloureuse agonie. Par ce don, Clara rendrait un dernier hommage à sa mère. Alors qu'il était encore penché sur le corps, Charles avait murmuré :

— C'est inutile, elle n'était pas croyante.

— Ce crucifix appartenait à Clara, elle me l'a donné. Mathilde partira avec un souvenir de sa fille.

Le cantonnier à coups de pelle soigneux égalisait la terre du petit tumulus. Elise y déposa son bouquet. Elle semblait soulagée que l'enterrement fût terminé ; dépourvu du cérémonial et des rites qui l'auraient transcendé, il était réduit à son sens littéral, l'enfouissement d'un corps qui va pourrir.

Charles proposa à Elise de la déposer à *Dense l'ombre* avant d'aller ranger et fermer les Landes dont les portes et les fenêtres étaient restées ouvertes mais elle affirma qu'elle ne craignait pas de les y accompagner, certaine de retrouver le souvenir de Mathilde tel qu'elle voulait le préserver - celui de la femme robuste, vêtue de noir qui parcourait la garrigue à longs pas alertes et sur qui le temps n'avait pas de prise.

Simon s'assit par terre, près d'Elise, à l'ombre du mûrier. Charles les rejoignit, un panier chargé au bras. Il leur servit un verre d'eau fraîche puis proposa un doigt de génépi, cet alcool que Mathilde préparait en faisant macérer dans de l'eau-de-vie des plantes aromatiques aux vertus stomachiques et réconfortantes. Tandis que Charles disparaissait dans la maison, Elise but l'alcool d'un trait et ses yeux se remplirent de larmes. Le matin, avant qu'ils partent pour l'hôpital, Charles avait brièvement répondu aux questions de Simon : Elise avait bien dormi, elle s'était levée à l'heure habituelle, tout-à-fait dispose ; Simon s'était attendu à ce qu'il ajoutât comme il le faisait quand un dossier difficile connaissait une conclusion heureuse : « Je suis satisfait, c'est une affaire enfin réglée et bien réglée », et n'avait plus osé lui parler d'Elise...

— Simon, vivait-elle encore quand vous êtes arrivé aux Landes ?

— Non. Je pense qu'elle est morte au moment où vous la quittiez, son visage n'était pas marqué par la souffrance, elle souriait. Ce sourire était pour vous.

Elise jouait avec une graminée sèche dont elle enroulait et nouait la tige autour de ses doigts. Elle parlait sans le regarder, à voix basse, presque imperceptible - elle ne se rappelait pas que Mathilde lui eût souri, ce sourire dont il parlait ne lui était pas destiné, ce sourire était pour quelqu'un d'autre ou qui sait pour la mort. La conscience de Mathilde s'était obscurcie, l'intolérable douleur s'était atténuée et elle avait atteint soulagée, apaisée le terme de sa vie.

— Simon, si vous saviez comme je hais la souffrance, toutes les formes de souffrance ! Et comment y échapper ?

Il la serra contre lui, espérant qu'elle se calmerait au contact de son bras et de son visage.

Elle était moite de chaleur et d'émotion. En vain, Il tentait de lui communiquer l'apaisement dans une étreinte où il mettait toute sa force. Elle murmura en le repoussant doucement :

— Il n'y a qu'une issue possible, une seule issue... Mon petit, vous me faites mal.

Elise écrasait les larmes sur son visage et lissait ses cheveux. Elle jeta un regard vers la maison où on entendait Charles déplacer des meubles.

— Que fait-il ? Nous devrions l'aider. L'enterrement m'a brisée. Je regrette tant qu'on ait arraché Mathilde au lieu de sa retraite ; j'aurais souhaité disperser ses cendres sur les collines qu'elle aimait mais Charles avait déjà pris des dispositions pour l'enterrement et n'a jamais voulu entendre parler de crémation, trop difficile à organiser. Elise hésita avant d'ajouter - j'aurais souhaité qu'elle soit rendue à la terre, comment dire ? Avec un certain lyrisme, oui, c'est cela, avec lyrisme ! Enfin peu importe ce que devient son corps, avec Mathilde, je perds une part de moi-même, celle que j'essayais de construire à son image. Elle m'a confié qu'à quarante huit ans - mon âge précisément - à la suite de circonstances douloureuses, vivre ou mourir lui était devenu indifférent. Elle a renoncé à la mort, peut-être à cause d'une fleur, d'un oiseau, ou de la forme d'un nuage, de la beauté d'un livre et elle a décidé de ne plus saisir de la vie que l'essentiel, « le sel », comme elle disait. Ce fut une seconde naissance, longue et difficile qu'elle réalisa ici, démunie, solitaire peut-être moins que je ne le pensais, Pavel était là. Auprès d'elle, je croyais faire l'apprentissage du renoncement et de la sérénité.

Charles les appelait. Après les avoir examinés, il avait rangé dans un classeur les papiers de Mathilde, placé dans un panier ses dernières provisions et rassemblé le linge à laver. Ils pouvaient charger la voiture et fermer la maison.

— Nous y viendrons de temps en temps jusqu'au retour de Clara. Je me demande si je fais bien d'y laisser la collection de poteries et de statuettes que j'ai découverte dans la chambre. J'ignore s'il s'agit de moulages, de copies ou d'œuvres authentiques. Qu'en pensez-vous ?

Simon n'en pensait rien, ne s'étant posé aucune question sur leur qualité mais doutait qu'il ait été possible à Mathilde de quitter le Mexique en emportant une part même minime de son patrimoine archéologique. Elise s'insurgea contre la proposition de les déménager, elle ne leur reconnaissait de valeur que celle du souvenir qu'y avait attaché Mathilde.

Une voiture montait à grand bruit la piste, c'était Pavel. Il les ignora, se traîna autour de la maison en titubant. Enfin il s'assit sur le seuil, comme en attente, tournant vers eux son visage congestionné et gonflé. Comment l'approcher ? Que lui dire ? Sinon qu'il portait la responsabilité de la mort de Mathilde, que ses larmes et ses regrets n'y pouvaient rien. Ils s'entendirent pour le laisser à sa peine là où il avait tout partagé avec Mathilde, travail, affection et sans doute davantage.

A leur retour à *Dense l'ombre*, Simon essaya d'organiser son départ mais il était trop tard pour réserver une couchette et il ne voulut pas risquer de passer la nuit dans des conditions particulièrement inconfortables. Il choisit donc de partir le lendemain matin. Après un déjeuner tardif et silencieux, ils se retirèrent pour se reposer. Il prépara sa valise mais avant d'y ranger le gros roman qui avait été sa lecture de l'été, il en relut quelques pages dont l'obscénité dérisoire et symbolique stigmatisait le sexe sans amour. Il n'avait plus rien à en apprendre, le referma en souriant.

Ils dînèrent sous le tilleul, plus tôt que d'habitude. Elise paraissait distraite, peu concernée par la bonne ordonnance du repas, Simon se leva plusieurs fois pour réparer des oublis. Charles semblait soucieux.

— Je dois m'absenter pour deux jours. Une manifestation est prévue après-demain sur un chantier du T.G.V. Les organisateurs doivent se réunir pour la préparer. Le conseiller général viendra me chercher demain très tôt, la voiture sera donc disponible pour que ma femme vous conduise à la gare. Tu es sûre de ne pas vouloir m'accompagner, Elise ? Nous pourrions déposer Simon en ville, il n'aurait qu'une petite heure d'attente.

— Je t'ai déjà dit non. Je ne supporte plus ces réunions et j'ai beaucoup à faire à la maison. Pourquoi ne renonces-tu pas à cette manifestation folklorique, elle est inutile, il paraît que le tracé du T.G.V. est définitivement arrêté !

— Il faut toujours continuer à lutter. Tu sais que je tiens toujours mes engagements à moins d'un cas de force majeure.

— Et je ne suis pas un cas de force majeure... Allons, n'aie pas l'air si contrarié, je plaisantais. Ce serait en effet dommage d'abandonner une action pour laquelle tu as tant milité.

Elise se leva et commença à desservir la table. Charles avait l'air troublé et Simon resta avec lui, certain qu'il avait besoin de se justifier et de parler d'Elise mais ce fut d'idées générales qu'il l'entretint. Selon lui, les années cruciales de l'histoire humaine étaient atteintes. La foi dans le progrès scientifique et technique qui avait chez l'homme occidental supplanté les croyances religieuses se perdait, des évènements imprévisibles et impossibles à maîtriser en démontraient la vanité : l'explosion d'une centrale nucléaire dont on ignorait les effets néfastes sur plusieurs décennies, la répartition de plus en plus injuste de la richesse entre les pays industrialisés et ceux du Tiers-Monde, la détérioration de l'environnement qui conditionne la survie humaine, la consommation croissante de drogues diverses dans les démocraties les plus riches.

— Je ne vais pas vous exposer tous les périls qui nous menacent à l'entrée du troisième millénaire. Il faut être lucide et admettre qu'aux principaux moteurs de l'activité humaine, volonté de produire, de posséder et de dominer, doit se substituer la prise de conscience du rôle de l'homme dans l'univers et du sens qu'il doit lui donner. Les politiques ont signé leur impuissance mais des hommes comme moi peuvent agir. Nous serons de plus en plus nombreux à former des contre-pouvoirs et à contraindre nos élus à se poser les bonnes questions et à y apporter des réponses justes dans tous les domaines, local, national et même mondial. J'ai cessé d'enseigner depuis deux ans mais je pense que les quelques milliers d'étudiants qui ont assisté à mes cours n'oublieront pas mon message.

Depuis quelques instants, Elise les avait rejoints. Elle était restée debout près de la table, écoutant Charles.

— Ton idéologie ou ta morale - comme tu voudras - suppose que l'homme accepte de se préserver de lui-même... Tu es optimiste, as-tu oublié la malédiction des canines ?

— Que veux-tu dire ?

— Ecoute, tu vas comprendre...

Elise avait un livre à la main, elle l'ouvrit, cherchant la page qu'elle voulait lire. Les phrases se succédaient, lentes, avec des hésitations, des redites, prenant, coupées de longs silences, la densité d'un message prophétique.

…« Aller à travers le monde et parler aux hommes ? Les convaincre d'avoir pitié les uns des autres, les bourrer de leur mort prochaine ? Rien à faire. Ils aiment à être méchants. La malédiction des canines. Depuis deux mille ans, des haines, des médisances, des cabales, des guerres. Quelles armes auront-ils inventées dans trente ans ? Ces singes savants finiront par s'entretuer tous et l'espèce humaine mourra de méchanceté »...

— De qui ce texte ? demanda Charles. Aide-moi un peu, Elise.

— Il est d'Albert Cohen.

— J'aurais dû m'en douter ! Tu es en train de relire « Belle du Seigneur ». Vous connaissez ce roman, Simon ? Pris entre l'angoisse de la mort, le néant sans Dieu et la malignité de son espèce, l'homme se cherche un impossible refuge : l'amour. C'est un beau thème mais qui nous éloigne de notre propos.

— C'est mon propos, le coupa Elise. L'homme est capable du pire, il a toujours fait reculer les limites du mal, ethnocide, génocide, guerres et massacres, proches ou lointains partout dans le monde, et l'esclavage, la déportation, l'exil forcé ! On dit, on ne répète plus jamais ça, ce n'est que radotage. Je ne verrai pas ce que le siècle à venir réserve à l'humanité, non je ne le verrai pas. Ecoute-moi bien Charles, « *chacun de nous est coupable devant tous, pour tous et pour tout...* * », ton optimisme est dérisoire.

— Je t'en prie, reste calme, Elise. Il faut être optimiste, c'est le seul choix possible. Nos valeurs deviendront universelles, l'homme apprendra la sagesse. Tu dis que c'est improbable ? C'est seulement imprévisible. Je fais le pari de l'improbable qui donne un sens à mon action.

Simon crut qu'Elise allait répondre mais elle baissa les paupières, ses lèvres se crispèrent, prêtant fugitivement à son visage le masque de la douleur antique. Il craignit qu'elle ne pleurât encore mais elle se reprit et acheva de desservir la table en silence.

Le chant

Elise était restée sur la place, debout contre le car qui allait démarrer. Simon baissa la vitre et lui tendit ses mains qu'elle tint serrées.

— Voulez-vous que je reste au moins jusqu'au retour de Charles ?

— Non, Simon, vous partez au juste moment, il faut que je sois seule. Je vais vous laisser maintenant. Surtout ne dites rien, notre séparation doit se faire sans au revoir.

Elise lâcha ses mains, il se pencha davantage pour toucher son front, ses yeux meurtris et lui communiquer ce qu'elle défendait qu'il dise - sa gratitude, peut-être le regret de n'être pas son fils ou celui de n'avoir pas osé l'aimer, la certitude qu'aucun homme, aucune femme ne pouvaient mieux se comprendre et être plus proches l'un de l'autre, le remords de la laisser seule et faible face à la douleur... Elle s'éloigna et Simon la perdit dans la foule du marché. Il s'assit près de la fenêtre.

Le car était encore à moitié vide quand enfin il s'ébranla. Simon releva les manches de sa chemise qu'il tenait depuis quelques jours retournées au-dessus de ses poignets ; il pouvait maintenant exposer sur son bras nu la marque encore tuméfiée de la morsure d'Amiel. Il y passa doucement le doigt ; elle guérirait vite, sa trace s'estomperait, disparaîtrait mais le souvenir d'Amiel ne lui en serait pas moins douloureux.

Le paysage avait déjà changé. La vallée s'encaissait entre les pentes que le regain verdissait. Sur les sommets, les essences feuillues remplaçaient les conifères. Les villages traversés devenaient plus austères en perdant leur caractère méridional. Un nuage voila le soleil. Il avait quitté les terres de lumière et commençait sa longue remontée vers le nord. Le car s'arrêta devant une gare vétuste où il attendit pendant une demi-heure l'arrivée de l'express. Le voyage qui suivit fut comme la transition nécessaire permettant d'aborder un autre monde sans qu'il s'y sente tout à fait étranger.

Toute la chaleur de l'été s'était accumulée dans son petit appartement. Il ouvrit les fenêtres sur la cour et la rue. Quelques bouffées d'air humide, imprégnées de l'odeur du gazole pénétrèrent avec le fracas de la circulation, entraînant le déferlement de ses souvenirs - odeurs, chants d'insectes, brise tiède - et une grande vague de nostalgie l'assaillit, il s'étendit, sans force sur le canapé, saisit le téléphone et composa le numéro de *Dense l'ombre*. Les yeux fermés, il écoutait la sonnerie retentir dans la maison, gagner la véranda puis la cour par la porte et les fenêtres ouvertes et atteindre enfin

Elise qui regardait la nuit tomber, assise sous le tilleul, arrosait les jeunes arbres autour de la maison ou rentrait de sa promenade vespérale sur la colline. Il laissa sonner de longues minutes, en vain.

Il fallait travailler. Il appela son professeur et retrouva avec appréhension le timbre rare de sa célèbre voix. Il lui demanda de le recevoir aussi vite que possible.

— Tu n'as pas été prodigue de nouvelles ! Juste une carte postale m'annonçant ta guérison. Pour ton travail, rien ne presse. Mais tu peux venir main- tenant, je suis libre et nous passerons la soirée à nous raconter nos vacances... Un rire bien modulé ponctua sa phrase.

Il argua de sa réelle fatigue et obtint la promesse d'une séance de travail pour le surlendemain. Il vida sa valise, punaisa au mur l'aquarelle lumineuse d'Elise, le dessin naïf de Luc et se coucha à jeun, les draps tirés par-dessus sa tête, les fenêtres closes. Il remplit au mieux les deux jours qui suivirent, appels téléphoniques réitérés pour retrouver la trace de son accompagnateur qui avait déménagé, sorties dans la ville chaotique livrée aux travaux et aux touristes de l'été et enfin visite à son professeur.

Son arrivée dans le grand appartement silencieux situé en bordure d'un parc abolit l'impression d'irréalité dont il ne pouvait se défaire depuis son retour. Il se lova dans un fauteuil comme à l'intérieur du cocon qui le préserverait des petites blessures répétées que sont le bruit, la laideur et la promiscuité de la vie quotidienne en ville, se promettant, tel le chat errant qui se glisse dans un gîte convoité, d'en faire son refuge quel que soit le prix demandé. Mais il l'avait oubliée... Trop de bijoux, de mousseline claire, de cheveux lustrés, de brillants cosmétiques, elle vint vers lui et l'attira contre elle. Il prit sa main et la porta à ses lèvres.

— Que t'est-il arrivé, mon petit, on dirait que tu es enfin sorti de ta chrysalide ? Laisse-moi te regarder.

Il se prêtait à son examen, répondant brièvement à ses questions.

— Si je comprends bien tu as mené plus ou moins la vie d'un ouvrier agricole, tu en gardes encore l'aspect. Il faudra arranger cela pour le concours, en veillant à ne pas reprendre du poids. Ton visage a mûri - ces trois petites rides autour des yeux, c'est la fatigue ou le soleil qui en est la cause ? Maintenant je t'écoute.

Simon la suivit dans le studio qu'elle avait fait aménager près de sa chambre. Elle se mit au piano et lui demanda plusieurs exercices de difficulté croissante.

— Ta santé vocale est impressionnante, nous pouvons reprendre le travail, dit-elle en se levant. Bien sûr, tu passes la soirée avec moi ?

Pendant un an, elle avait été un professeur exigeant et généreux qui ne limitait pas son enseignement au travail technique et à l'analyse des œuvres mais qui formait le goût et la sensibilité de Simon, améliorant notes après notes, mots après mots son interprétation. Pendant un an, il avait été son élève reconnaissant mais aussi son amant détaché et soumis, lui offrant quand elle en formulait le désir, les caresses appliquées et l'étreinte fruste qu'elle appréciait parfois avec ironie.

Il lui demanda comme une faveur d'écouter un de ses anciens enregistrements. Elle choisit le cycle de mélodies françaises qu'il avait incluses à son programme. Bien qu'elle fût étrangère, sa diction était intelligible, sans outrance et sans affèterie, les poèmes que son timbre colorait subtilement devenaient la partie soliste de l'orchestre. Musique et poésie se fondaient dans l'intelligence de son chant et la sensualité de sa voix. Mais on ne fait pas l'amour avec une voix !

Elle posa la main sur le bras de Simon, il eut un involontaire mouvement de recul et se leva avec une grande précipitation.

— Je commence à comprendre à quel point votre retraite à la campagne vous a changé, Simon mais rassurez-vous votre défection est sans importance, nous en parlerons plus tard. Revenez donc la semaine prochaine pour reprendre l'étude des Schubert.

Le vouvoiement subit scellait leur rupture. Soulagé et reconnaissant, il ébaucha le geste de s'agenouiller à ses pieds et de couvrir ses mains de baisers.

— Croyez-moi, vous n'êtes pas encore sur une scène d'opéra, il vous reste encore beaucoup à travailler.

Et son rire monta en un crescendo harmonieux.

Elise

La sonnerie envahissait la maison et le jardin, écrasait le chant des insectes et retentissait, insupportable,
dans la tête de Simon. Au lointain, Elise criait : « Répondez donc, Simon », mais il ne le pouvait pas, il restait immobile près de l'appareil, sans voix ! L'angoisse
- une pierre sur son cœur - le réveilla enfin, il était mi-
nuit et Gertrude l'appelait.

— Je suis ici, entre deux trains. Je retourne à *Dense
l'ombre*. Maman a disparu. Vous êtes la dernière personne à l'avoir vue. Quels projets avait-elle ? Que vous
a-t-elle dit ? Simon, répondez... Non, vous n'avez pas
le temps de me rejoindre, je pars dans vingt minutes.

Il ne put rien dire à Gertrude qu'elle ne sût déjà et à
son tour, il la questionna.

Quand Charles était revenu, Elise était absente et la
maison ouverte. Il ne s'était pas inquiété, il avait trié
des papiers jusqu'à l'heure du déjeuner. Le couvert
était mis pour deux personnes dans la cuisine mais aucun préparatif de repas n'était en cours. Il avait télé-

phoné à des voisins, à des amis puis il avait cherché le message, l'indice qui expliquerait un départ précipité mais la voiture était là et le courrier abondant semblait n'avoir pas été relevé depuis deux jours. Il avait alors prévenu ses enfants, son inquiétude avait décidé Gertrude à le rejoindre.

— Maman a dû partir se promener. Nous craignons qu'elle n'ait eu un malaise ou qu'elle n'ait fait une chute. J'ai téléphoné à mon père avant de vous appeler : les recherches entreprises avec les voisins n'ont rien donné, il vient d'avertir la gendarmerie. J'ai juste le temps de sauter dans le train. Je vous appellerai dès que nous l'aurons retrouvée. Pensez à elle.

Il ne fit que cela pendant plusieurs jours. Il suscitait la présence d'Elise dans tous ses lieux familiers, sur les chemins de leurs promenades, le long des berges du riou, au sommet de la colline, dans la pinède sombre, sous les arbres où elle s'était assise et au contact desquels elle reprenait force et vie. Il sondait son regard absent et l'interpelait : Elise, qu'avez-vous fait et quel mal voulez-vous nous infliger ?

Le téléphone restait muet et il se défendait d'y porter la main, refusant de participer au harcèlement dont la famille devait être victime. Une semaine s'écoula. Il dormait mal. Quand enfin le sommeil le gagnait et qu'il espérait se délivrer de la douleur, la même vision le hantait - le visage d'Elise dans la clarté de la lune pleine, ses yeux brillants de larmes retenues et son regard fixé au sien... Il attendait qu'elle vînt vers lui mais elle se détournait en soupirant et s'éloignait sur la pâleur des chaumes. Elle allait vers l'ombre que la lisière du bois traçait sur le grand champ clair. De toute sa volonté, Simon la retenait ; ses appels ne troublaient pas les bruits de la nuit, sa voix n'était que silence. Elise s'arrêtait à la limite de la lumière, hésitant à la franchir puis elle avançait d'un pas, pénétrait l'ombre et s'y effaçait. Il savait qu'on ne la reverrait jamais...

Enfin, Gertrude l'appela, sa voix était déformée par les larmes.

— Rien, Simon. Elle est introuvable. Les gendarmes pensent qu'elle a quitté la maison le jour même de votre départ. Personne ne l'a vue depuis, ni Pierre qui gardait le troupeau derrière la colline, ni le facteur qui avait une lettre recommandée à lui remettre... Elle aurait donc disparu depuis dix jours ! Mais pourquoi a-t-elle mis la table pour deux personnes ? Vous avait-elle demandé de rester ? Comment était-elle quand vous l'avez quittée ?

— Je lui avais proposé de rester mais elle m'a répondu qu'elle avait besoin d'être seule, qu'elle voulait se reposer et faire des rangements dans la maison. Quand le car a démarré, elle a agité ses mains en me souriant - vous savez, le geste habituel qu'elle a pour saluer le départ en promenade des enfants.

Simon masquait la vérité, ôtant à leur séparation sa douloureuse signification, la rendant légère et sans importance. Il voulait préserver Gertrude, rester seul à savoir le désarroi d'Elise, sa volonté de solitude, le sens de ce que fut son adieu et ne partager avec personne le remords de l'avoir quittée.

— Après les gros orages de la semaine dernière, les recherches ont recommencé avec des moyens accrus, reprit Gertrude, c'est impossible que nous ne la retrouvions pas ! Les gendarmes désirent interroger tous ceux qui ont été en contact avec elle juste avant sa disparition, je leur ai communiqué votre adresse et votre téléphone. Ils se mettront en rapport avec vous. Je vous appellerai à mon prochain passage, si je n'ai pas de raison de le faire avant... Je ne vais plus rester longtemps près de mon père, je dois retourner en Bretagne m'occuper des enfants, Amiel est dans un état de prostration inquiétant, le médecin envisage son hospitalisation.

Il fut convoqué au commissariat de police où un inspecteur, après avoir écouté le récit de ses derniers jours à *Dense l'ombre*, commença à lui poser des questions précises sur les relations d'Elise avec son mari et ses enfants. Simon lui décrivit ses hôtes tels qu'il les avait découverts à son arrivée, heureux de partager un bel été dans la maison familiale. Il parlait de promenades, de repas champêtres, de repos dans le hamac suspendu entre deux arbres, du jeu des enfants dans la garrigue, des joies que dispensait chaque journée et passait rapidement sur la mort de Mathilde.

— Si Madame Brémand avait fait une chute dans les collines, nous l'aurions déjà retrouvée. Selon le rapport de gendarmerie, elle ne s'éloignait jamais beaucoup de la maison. On a passé au peigne fin avec des chiens une dizaine de kilomètres carrés malheureusement il venait de faire un gros orage quand les recherches ont commencé... Son mari et sa fille ont été incapables de préciser comment elle était habillée et s'il manquait des vêtements dans sa garde-robe - elle venait de les trier et d'en donner. Il n'est pas exclu qu'elle ait tout simplement quitté sa famille, fait une fugue. C'est plus fréquent qu'on ne l'imagine chez les femmes de son âge. Un évènement, un état dépressif passager, une rencontre leur font parfois remettre leur vie en question. Dans ce cas, le débit d'un compte bancaire est souvent plus instructif que l'interrogatoire des proches. Qu'en pensez-vous ?

Simon répondit que Madame Brémand était très attachée à sa famille et qu'une telle éventualité lui paraissait improbable mais il pouvait se tromper, il ajouta aussi sans pouvoir plus longtemps lutter contre son émotion :

— Elle est dans les collines et on n'a pas su la retrouver.

— Ça ne paraît pas possible... Vous aviez des rapports privilégiés avec elle, si elle se mettait en relation avec vous, prévenez-nous.

Quelques jours plus tard, il put voir Gertrude entre deux trains. La journée était ensoleillée, sans chaleur, l'été s'épuisait. Ils s'assirent à la terrasse d'une grande brasserie face à la gare et la rumeur de la vie vint mourir sur l'écueil de leur chagrin. Il n'y avait plus d'espoir, Elise ne serait pas retrouvée vivante. Les recherches officielles étaient suspendues et Charles avait repoussé l'offre de radiesthésistes magnétiseurs et autres charlatans avides de publicité. Gertrude avait obtenu la promesse qu'il quitterait *Dense l'ombre* pour s'installer dans la ville où il avait enseigné et gardé de nombreuses relations. Il réagissait avec un courage qu'elle enviait et admirait. Les premiers jours, dominant son inquiétude, il avait participé à toutes les recherches puis quand leur inutilité lui était apparue, il s'était enfermé dans son bureau où elle l'entendait marcher jour et nuit, enfin était venu le temps de la résignation. Il avait répondu aux nombreux témoignages de sympathie qui lui arrivaient quotidiennement et commencé à mettre en caisse ses dossiers. Elle pouvait le laisser seul.

— Amiel est hospitalisée dans un service de psychiatrie. Vous connaissez sa fragilité ; à l'annonce de la disparition de maman, elle s'est abîmée dans un désespoir violent, nous accusant d'en être tous responsables - vous aussi, Simon - et refusant l'espoir de la retrouver vivante. Elle parlait de maman comme si elle la voyait telle que la mort l'avait changée. Il n'était plus possible de la laisser au contact des enfants. François la visite régulièrement, elle semble calme et indifférente à tout, à son mari et à son fils comme au souvenir de notre mère. J'ai hâte de retrouver les enfants - leur amour de la vie est contagieux.

Ils se quittèrent sur le quai de la gare, se promettant d'échanger fréquemment des nouvelles. Quelques jours plus tard, Simon trouva au courrier une grosse enveloppe en provenance de Bretagne. Elle contenait un dessin des enfants, quelques feuilles maladroitement fermées avec du scotch et une lettre de Gertrude.

« Entre la plage et les devoirs de vacances, nous parvenons à survivre. Les enfants sont pensifs et sages, trop sages. Chaque soir, ils cherchent l'étoile de leur grand-mère, c'est Jean qui, en souvenir d'une histoire qu'elle leur avait contée, les entraîne à cette quête. J'ai vu Amiel, aujourd'hui. Elle n'est plus sous perfusion et retrouve peu à peu avec la lucidité, le sens de notre malheur. Ci-joint quelques feuilles qu'elle m'a demandé de vous transmettre ».

Simon regarda longtemps le petit paquet avant de s'appliquer à l'ouvrir. Les six feuillets composaient une sorte de journal presque illisible. Parmi les signes informes, les mots avortés et dépourvus de sens, ça et là, une phrase se détachait avec un sens morbide que soulignait la graphie bouleversée :

… « Nous crèverons tous par défaut d'AMOUR »...

« Les fossoyeurs de la nature ont-ils fini leur œuvre et qu'est-ELLE maintenant ? »…« Simon, vous auriez pu... Simon, vous n'auriez pas dû »…

La suite avait été biffée si violemment que le papier était déchiré. La dernière page réunissait quelques bribes de ce qui pouvait être un poème et un court paragraphe qu'il déchiffra plus aisément.

« …mon corps
se résout en un million d'étincelles
pluie brillante aussitôt dispersée
J'irradie, j'explose.
Là où je me tenais
n'est plus qu'une flamme droite

nourrie du flot brûlant de l'alcool...

Depuis deux jours, je me force à vomir les comprimés qu'on m'oblige à absorber et c'est en toute lucidité que je vous écris. Simon, je sais où elle est. Quand nous étions enfants, nous allions parfois pique-niquer dans un village abandonné, à une vingtaine de kilomètres par la route. Il n'est pas accessible en voiture, il faut faire les trois derniers kilomètres à pied ce qui décourage les promeneurs... J'y ai découvert une anfractuosité rocheuse, invisible du chemin, où je me suis cachée pour surprendre mes parents. Il y a quelques années, j'y suis retournée avec maman par la montagne. A vol d'oiseau, ce n'est pas très loin, trois heures de montées et de descentes. Le nom du village est Saint-Firmin, l'anfractuosité est à mi-pente, derrière les ruines de l'église. C'est là qu'elle a voulu mourir, là où personne ne saurait la retrouver. N'en dites rien aux autres, il faut les épargner. Nous serons les deux seuls à savoir... J'ai brisé la cloison fragile que je longeais avec crainte depuis longtemps et qui me séparait du monde des phantasmes et du délire. Je lui appartiens désormais... ».

Simon posa son front sur les feuillets froissés et le papier absorba ses larmes.

Le concours

La vie avait repris son cours... La M.J.C. où depuis deux ans, Simon animait une chorale avait mis à sa disposition la salle de musique. Il s'y rendait quotidiennement, le plus souvent seul, parfois accompagné d'un ami pianiste. Il travaillait sans lassitude les mêmes mesures jusqu'à ce que les conseils de son professeur, bien intégrés au chant aient perdu tout effet artificiel pour ne plus servir que sa musicalité : ici, la respiration qui permettrait au crescendo de se développer sur toute une phrase, là, l'accentuation d'une consonne qui donnerait sa couleur au sens d'un mot, ailleurs la nuance « piano » qui réduirait sa voix à un souffle ténu pour traduire la douleur ou la mort et plus loin, l'exact temps de pause où la mélodie un instant suspendue, renaîtrait, embellie de silence.

La dernière leçon avait été tumultueuse. Simon présentait le « Lamento » des Nuits d'été de Berlioz, son professeur l'interrompit avant le dernier couplet.

Ah ! comme elle était belle
et comme je l'aimais !
Je n'aimerai jamais
une femme autant qu'elle.
Que mon sort est amer !...

— Ça ne va pas du tout ! Il ne manque que quelques sanglots et coups de glotte pour transformer cette mélodie en air vériste. Quel pathos ! Vous me cassez les oreilles, mettez-y moins de tripes et plus d'intelligence.

Elle reprit à mi-voix la fin du Lamento. Simon broya un crayon entre ses doigts et en jeta les morceaux sur le tapis.

— Reprenez-vous. Il nous reste peu de temps. Laissons le Lamento, vous êtes incapable de le chanter aujourd'hui et je ne veux pas savoir pourquoi... Attaquons l'air d'Escamillo. Je vous le rappelle, son interprétation est assez simple, il demande de la vaillance, de la fatuité et de la séduction et attention aux graves ! Allez-y.

Elle se montra satisfaite, lui fit reprendre les nuances qu'il avait négligées et conclut :

— Etes-vous Escamillo, Simon ? Certes non, pourtant vous venez d'en donner une caractérisation très convaincante. Ne jouez donc pas de votre sensibilité dans certaines interprétations, je parle du Lamento et ne vous y exposez pas tant. Travaillez-le comme vous avez travaillé l'air d'Escamillo. Dans l'art plus que dans la vie, la raison doit contrôler les sentiments. Retenez cela, Simon, la tête domine toujours le cœur.

Il n'eut garde d'oublier la leçon...

La semaine précédant le concours, Simon mit sa voix au repos et s'installa chez sa sœur. Ils parlèrent des Brémand. Espérance ne comprenait pas qu'on se soit si vite résigné à la disparition d'Elise et que les recherches eussent cessé. Simon lui expliqua qu'elles avaient été prolongées aussi longtemps qu'il y avait eu espoir de retrouver Elise en vie et qu'elles avaient été poussées aussi loin que possible, à travers une région dépourvue de pistes et de sentiers, difficile à explorer et par endroits, quasi impénétrable.

— Et pourquoi se serait-elle autant éloignée de la maison ? demanda Espérance.

— Comment savoir ? On allonge une promenade, on perd son orientation dans une combe ; le temps d'en sortir, d'atteindre une crête, la nuit tombe, on est égaré. Ça arrive souvent, tu sais, dans cette région.

— C'est possible mais d'habitude les recherches ne sont pas infructueuses.

— Elise sera aussi retrouvée... par un chasseur, un braconnier ! Je t'en prie, Espérance, cette disparition est atroce, cessons d'en parler.

— Oui, elle est atroce mais elle demeure pour moi, quoi que tu en dises, inexplicable.

Il avait décidé de se taire et fixait ses mains croisées autour de son genou ; un léger tremblement les agitait qu'il essayait de contrôler mais n'y parvenant pas, il les dissimula dans ses poches. Sa sœur se leva, pressa affectueusement son épaule.

— Je ne pense qu'à Elise depuis que je sais ce qui est arrivé. J'ai recherché nos anciennes photos. Je te les montre. Elles ont été prises quand Charles était en poste ici. Nous étions voisins de palier. Je rencontrais parfois Elise dans l'escalier - bonjour, bonsoir, rien de plus - sa beauté m'attirait et m'intimidait. Un jour, enfin, j'ai osé l'arrêter et je lui ai demandé si mon piano ne la dérangeait pas ; j'y passais des heures quand je n'étudiais pas au conservatoire. Voilà comment nous sommes entrées en relation ! Entre ses cours à la faculté, ses activités syndicales, Charles n'avait guère de temps à lui consacrer. Comme moi, Elise était souvent seule et nous sommes devenues amies. Nous étions jeunes, elle avait dix-neuf ans et moi seize.

Espérance se tut, le regard absent, toute à ses souvenirs. Simon contempla l'une des photos dont l'ambiance irréelle tenait certainement plus à une erreur d'exposition qu'à la recherche esthétique. Les épaules nues, la robe et la chevelure claires d'Elise émergeaient d'un fond gris cendré. Le flou éthéré qui brouillait ses traits rendait son visage à l'enfance, approfondissait ses yeux sombres qui retenaient deux éclats de lumière.

— Tu peux l'admirer, c'était une fille magnifique. Tu ne me croiras pas si je te dis qu'elle souffrait de sa beauté comme d'une tare. Elise ne pouvait supporter l'intérêt et les hommages gênants qu'elle lui attirait. Parfois, elle me disait qu'elle en aurait échangé une bonne part contre un peu plus d'intelligence afin de pouvoir suivre les travaux et les préoccupations son mari... Car elle en revenait toujours à lui. Dire qu'elle l'aimait serait peu dire, elle était fascinée, subjuguée. Ils formaient un couple complémentaire : Charles, c'était l'intellectuel, sûr de lui et grand parleur, Elise, la femme enfant silencieuse et séduisante. Lui, m'intéressait et m'amusait, il avait des idées novatrices servies par un esprit caustique et brillant, quant à elle, je l'aimais avec la fougue de la jeunesse. Nos relations ont perdu de leur qualité à la naissance du second bébé, Amiel. Elise était moins disponible et je n'avais ni le temps ni le goût de pouponner avec elle...Enfin Charles a rapatrié sa famille dans la ville du midi où il avait reçu son affectation définitive. Tu allais naître et changer ma vie, je ne les reverrais plus avant plusieurs années.

— Es-tu allée à *Dense l'ombre* ?

— Je n'y suis allé qu'une fois, les filles étaient adolescentes. Elise s'était épaissie, voûtée. Charles n'avait pas changé mais il se prenait trop au sérieux et son discours devenait pontifiant. Nous n'avions plus grand chose à nous dire. Tu ne m'avais pas accompagnée, je ne me rappelle plus si tu étais en stage ou en colonie de vacances... Tout cela est bien triste.

Espérance avait préparé le séjour de Simon dans la ville organisatrice du concours et lui avait réservé une chambre d'hôtel à proximité de l'opéra. Il y arriva le dimanche soir. Le lendemain, le sort lui fut favorable, il participa à la première des trois sélections et fut retenu pour la demi-finale. Il téléphona ce début de succès à sa sœur et à son professeur puis il appela Gertrude. Sa voix avait le timbre de celle d'Elise, clair avec parfois une fêlure imperceptible qui l'assombrissait. Il sentit qu'elle maîtrisait mal son angoisse et son découragement et sans prendre le temps de réfléchir, il l'invita à le rejoindre en fin de semaine pour assister à la finale du concours. Elle sembla tentée et promit d'en étudier la possibilité.

Il s'éloigna du théâtre et marcha dans les rues qui, à partir de la grand 'place s'enfonçaient vers d'anciens quartiers. Le défaut d'entretien rendait presque sordide leur vétusté mais, parfois, un grand portail, entre deux murs couverts de graffitis, révélait au fond d'une cour plantée d'arbres, la beauté d'une demeure seigneuriale. La ville s'était refermée longtemps sur le souvenir de son passé opulent, maintenant, en pleine expansion, elle commençait à le sortir de l'ombre. La rénovation s'attaquait à des îlots d'immeubles dégradés, n'en conservant que les façades classées, elle transformait les rues étroites en voies piétonnes et marchandes, banalisant des quartiers entiers qu'elle vouait, entre des étalages de fripes et des restaurants exotiques, à la flânerie et à la consommation. Il marcha longtemps dans la chaleur pesante que renvoyaient les murs de briques et arriva au fleuve. Sa large berge pavée était investie par une vingtaine de vagabonds et de clochards. L'un d'eux s'approcha de lui et réclama dix francs. La main qu'il tendait portait d'anciennes coupures où la crasse s'incrustait, sur l'avant-bras tatoué, un corps de femme se convulsait dans les anneaux d'un serpent monstrueux. L'involontaire mouvement de retrait de Simon l'enhardit, il s'avança jusqu'à le frôler et réitéra sa demande avec insolence.

— Je n'ai pas de monnaie sur moi, je peux vous offrir un verre si vous voulez.

Il hésita puis le suivit le long du quai jusqu'à la terrasse d'un café proche. A la troisième bière, il perdit sa méfiance et se détendit.

— Vous n'êtes pas bavard. Que me voulez-vous ? Tout ça n'est pas gratuit - et il balaya d'un geste les bouteilles restées sur la table. J'ai bien besoin d'une douche, emmenez-moi chez vous, vous ne le regretterez pas.

Il appuya sa demande équivoque d'un sourire et d'un regard sur la nature desquels il était impossible de se méprendre. Simon aurait voulu se lever, le saisir par les épaules et écraser son visage contre la table, parmi les bouteilles renversées mais il domina sa colère et parvint à juguler la violence qui martelait son cœur et mouillait ses mains.

— Ce n'est pas possible... Comme vous je suis de passage, je suis à l'hôtel. Restez-vous encore longtemps ici ?

Cette ville n'était qu'une étape sur la route des vendanges, il partait le lendemain pour la Champagne ; plus tard ce serait l'Alsace. Le travail était bien payé et s'il faisait la manche, c'était pour économiser. Les vendanges terminées, il prendrait comme chaque année ses quartiers d'hiver dans une communauté en Lozère où le bricolage ne manquait pas. Qu'on se mette bien dans la tête qu'il n'était pas un vagabond mais un ou-

vrier agricole saisonnier qui aimait voir du pays ! Ainsi
cet été, il avait trouvé de l'embauche en Hollande.

— Je te laisse ta monnaie, dit-il en se levant, j'ai plus
d'argent sur moi - et il frappa son épaisse ceinture -
que tu n'en as peut-être à la banque. Merci pour les
bières.

Il se dirigea vers le campement sommaire au bord du
fleuve et Simon rentra doucement à l'hôtel. Ç'aurait pu
être Toine.

Die Nebensonnen" (Le Voyage d'hiver)

Les demi-finales étaient publiques et les spectateurs tenus au silence. La salle était comble. Isolé par deux rangs de fauteuils inoccupés, le jury siégeait au premier balcon. Simon essuya ses mains moites et très droit, s''avança sur la scène... Il fut sélectionné pour la finale. Il en trouva confirmation dans le journal local qui l'attendait, déplié, sur la table du petit déjeuner. Les photos des douze candidats retenus s'alignaient et sous la sienne, la patronne de l'hôtel avait écrit *Bravo*. Son errance dans la ville était terminée ; le jury arrêtait le choix des œuvres et les répétitions avec l'orchestre commençaient.

Le jour de la finale, un message lui apprit l'arrivée de Gertrude accompagnée de Mathieu. Il les vit à peine avant de se préparer pour aller au théâtre. Le sort lui avait attribué le numéro onze, il écouta les cinq premiers candidats et s'enferma dans une loge pour chauffer sa voix et faire quelques exercices de relaxation. Contrôlant sa respiration et fermant les yeux, il s'évada de la cellule et rejoignit les collines de lumière que foulaient, se tenant par la main et mêlant leurs rires heureux, les ombres d'Elise et d'Amiel.

Le théâtre était dans une obscurité que perçaient faiblement les petites lampes éclairant les partitions et les fiches du jury. De la foule invisible, parvenait un brouhaha fait de toux contenues, de feuilles manipulées et de chuchotements discrets. Il commença à chanter le lied « Die Nebensonnen » (- trois soleils m'accompagnent mais ils ne sont pas miens - mes deux plus beaux ont disparu - que le troisième se couche - dans l'obscurité, je serai moins malheureux.) Sa voix mourut sur les derniers mots du lied et dans le silence qui se prolongeait, la respiration de la salle, longtemps retenue, monta vers lui comme un soupir. Le regard attaché à celui du chef d'orchestre, il se concentra pour qu'à la déréliction succède l'élan brutal de la vie. L'introduction éclata sur un tempo vif et brillant et il libéra la voix d'Escamillo. Quand il s'inclina avant de quitter la scène, la salle contint difficilement son agitation et il se retira dans un bruit de sièges malmenés et de paroles étouffées qui cessa à l'entrée du dernier concurrent. Une longue attente commençait ; il fallut plus d'une heure au jury pour décider du palmarès. Le premier prix fut décerné à un ténor ukrainien, le second à une basse chinoise. Il eut le troisième prix ainsi qu'une mention spéciale pour l'interprétation des leaders et des mélodies. Le public n'était plus condamné au silence et plébiscitait chaque lauréat. A l'appel du nom de Simon, les applaudissements crépitèrent, soutenus par des bravos criés à pleine voix et rythmés par des trépignements. Cette manifestation ne suffisant pas à témoigner son enthousiasme et exprimer son désaccord avec le jury, la salle se leva et lui offrit une interminable ovation. Il la devait à l'air d'Escamillo dans lequel ses insuffisances vocales, un grave insuffisant, n'avaient été relevées que par les jurés... Mais c'en était trop pour Simon et pour les autres lauréats qui perdaient contenance ; après un dernier salut qui fut presque une génuflexion, il leur donna l'accolade et embrassés, ils quittèrent enfin la scène.

La réception qui, à l'issue de la finale, réunissait les concurrents, le jury et les personnalités locales, le tint éloigné de Gertrude et de Mathieu. Il ne les vit que le lendemain, quelques heures avant le départ de leur train.

— Vous ne vous attendiez pas à voir Mathieu. Il a tant insisté pour m'accompagner que j'ai cédé. Ce n'était pas un caprice, il voulait vous entendre chanter. Hier, Il était fier de votre succès comme s'il en avait sa part.

Simon regardait l'enfant qui se déplaçait à cloche-pied sur le bord du trottoir en essayant d'éviter le joint des pavés. Ses lèvres remuaient, formant en silence les mots qui rythmaient sa progression hasardeuse. Il lui arrivait de trébucher, de perdre l'équilibre, il poussait alors un cri aigu et retournait à son point de départ en reprenant son imperceptible chanson.

— Je suis heureuse pour vous, Simon... Nous l'aurions tous été, vous le savez.

Gertrude ferma les yeux, détourna la tête et le souvenir d'Elise pesa sur eux, changeant leur joie passagère en douloureux regrets...

— Vous ne m'avez pas donné des nouvelles d'Amiel.

— Elle quitte enfin l'hôpital mais son état demande une surveillance constante. Il ne faut pas qu'elle interrompe son traitement. Quand elle a tenté de le faire, l'agitation et le délire l'ont reprise. Elle ne dormait plus, elle écrivait beaucoup. C'est à ce moment qu'elle m'a confié la lettre que je vous ai fait parvenir.

— J'ai compris qu'elle n'était pas bien. Cependant tout ce qu'elle m'écrivait n'était pas dépourvu de sens, elle évoquait d'anciens souvenirs, un pique-nique dans un village abandonné - Saint-Firmin - je crois. Est-ce que ce village existe ?

— Bien sûr mais il n'est plus abandonné ! Il a été intégralement racheté par une université néerlandaise, il est restauré depuis cinq ans. C'est maintenant un centre d'études et de vacances pour les étudiants. Que vous écrivait-elle à propos de Saint-Firmin ?

— Rien que je me rappelle précisément. Ce village semble lié pour elle au souvenir d'Elise.

— Oui, murmura Gertrude, nous y avons passé quelques moments heureux mais pas plus qu'ailleurs. Maman nous a fait une si belle enfance.

Un cri prolongé et strident de Mathieu l'interrompit. Gertrude se leva, alla chercher son fils et le fit asseoir près d'elle.

— Ça suffit, Mathieu, cesse ce jeu stupide. Nous allons partir et tu n'auras même pas dit à Simon ce que tu pensais du concours de chant.

— Je ne suis pas content, il n'a pas eu le premier prix, c'est pourtant lui qui le méritait. C'est vrai, Simon. Ta voix est belle, elle est forte, plus forte que l'orchestre, on l'entend de très, très loin. Moi, je l'ai bien entendu dans la montagne quand le berger me voulait du mal.

C'était un doux matin d'octobre, la place était paisible. Ils étaient assis à la terrasse d'un café et Gertrude écoutait son fils.

Final

C'est un avril sombre et pluvieux. De la ville méridionale où il est en résidence d'artiste pour une semaine, Simon va là où il a passé l'été qu'il ne peut oublier et où il n'est jamais retourné.

Il arrête la voiture sur le chemin qui conduit chez Pierre. La bergerie est devenue garage et le fenil au-dessus, habitation. Il roule jusqu'à la maison qui semble encore occupée. Il est reçu sur le seuil par une petite femme trapue dont la ressemblance avec Pierre est évidente.

— Simon ? Depuis si longtemps, je ne vous aurais pas reconnu. Entrez donc.

Plus de cuisine encombrée et mal tenue mais une salle de séjour fonctionnelle décorée de bouquets de fleurs artificielles, de poteries de super marché et de photos de Pierre menant son troupeau.

— Il y a une dizaine d'années, après la mort de sa mère, mon père a vendu les brebis, la bergerie et quelques terres attenantes, un vrai déchirement. Il ne supportait pas de voir détruire et se transformer ce qui avait été sa vie. Nous avons cohabité pendant quelque temps, il a ensuite préféré se retirer dans une résidence pour personnes âgées. Pas la peine d'aller le voir, il ne vous reconnaîtrait pas. Et vous Simon, que devenez-vous ?

Simon élude la question et demande des nouvelles de *Dense l'ombre*.

— Triste maison, tristes nouvelles ! Un an après la disparition d'Elise - elle n'a jamais été retrouvée, ça reste incompréhensible comme si elle s'était évaporée ou qu'elle était partie Dieu sait où - Charles s'est débarrassé de la maison, trop de souvenirs et pas des meilleurs. Oubliez *Dense l'ombre*, maintenant c'est un gîte rural avec un nouveau nom plus porteur, *La Souléiado*, surtout occupé en été. Vous pourriez y loger ce soir. Avec la pluie, ce n'est pas un temps pour rouler.

Un panneau de bois signale le gîte. Simon hésite, qu'irait-il y faire ? Comme s'il était attendu, la porte de la véranda s'ouvre. La femme est affable, bavarde, elle apprécie la visite qui vient la distraire de la pluie. Le gîte est ouvert depuis 10 ans. Pendant quelques mois, c'est un travail dur, avec la grande maison difficile à gérer, le reste de l'année, c'est la solitude, l'ennui. Elle demande s'il désire un hébergement.

— Non ce n'est pas possible aujourd'hui, une autre fois peut-être. Vous n'avez personne pour vous aider à entretenir la pinède ? Qu'est devenu celui qui le faisait, je crois me rappeler son nom, Célestin ?

— Célestin, le pauvre ! Il est mort dans un accident de chasse pendant une battue aux sangliers, une négligence, un fusil chargé, une chute et des chevrotines dans les jambes. Il avait perdu tout son sang avant qu'on le retrouve. Quelle peine… J'obtiens un peu d'aide par ci, par là.

Une aide bien insuffisante, pense Simon. Plus aucune trace de chemins, les broussailles ont envahi la pinède, les berges du riou et les collines. Simon revoit Célestin, ses yeux malicieux, son goût pour les mauvaises nouvelles. Il n'y en a pas de pire que celle de sa mort.

Sous la pluie, tristesse de la nature, tristesse de Simon. Pourtant, il veut continuer son pèlerinage. Le petit torrent qu'il a connu en été réduit à un filet d'eau est en crue, de la boue et des branches arrachées sont emportées par le courant rapide. Il s'arrête sur la rive, indécis, continuer ou faire demi-tour ? Il bloque la piste à une Land Rover qui monte vers les Landes.

— Vous vous êtes bien mal engagé. Que comptez-vous faire ? Traverser, impossible avec votre véhicule ; faire demi-tour, vous vous embourberez dans le champ.

L'homme qui l'a interpelé, le regarde, le dévisage. Son accent est lourd comme son corps. Simon le reconnaît, ils se sont vus aux Landes et ont récolté ensemble les lavandins de Mathilde. Il se demande quoi faire, la situation l'embarrasse, le dépasse. C'est Pavel qui prend les choses en mains, le guide dans une marche arrière hasardeuse, poussant la voiture sans prendre garde aux éclaboussures.

— Tu allais aux Landes par ce temps. Pourquoi ? Les souvenirs ? Les tiens sont les miens… Nous en parlerons. Je t'emmène ?

Les lavandins alignent leurs touffes rondes, le tilleul porte de jeunes bourgeons, les treilles sont taillées. Les Landes ne sont pas à l'abandon et dans la grande salle, c'est le même entretien soigneux du souvenir de Mathilde. La bouteille de génépi est sortie, les petits verres se remplissent. Pavel est silencieux.

— Vous vivez aux Landes ?

Oui, il vit aux Landes, Clara toujours absente l'a encouragé à s'y installer, la maison est habitée, c'est une sécurité, pas de cambriolage, pas de squatters et Mathilde n'aurait pas été contre. Des larmes dans les yeux clairs de Pavel… Simon aimerait lui demander : Qui es-tu ? Depuis quand es-tu en France ? Quelles étaient tes relations avec Mathilde ? Devant les verres de génépi, le silence… Enfin Pavel parle, il dit tout ce qu'il doit à Mathilde. Il venait d'Ukraine qu'il a quittée après la catastrophe, vivait en France dans des conditions difficiles, cherchant du boulot, à droite, à gauche. Elle l'a fait travailler, connaître et aimer ce qu'il ignorait, le français, les plantes, les arbres et la musique. Elle lui a donné l'affection d'une mère, d'une amie, ils se sont aimés. Elle s'est sentie vieillir, l'a repoussé, elle ne lui réclamait plus que son travail. Il voulait lui donner davantage.

— C'était l'année où nous avons récolté les lavandins ensemble, l'année de sa mort. Impossible pour moi d'assister à l'enterrement, j'en serais mort aussi.

Puis, il s'exprime en Russe. Simon a étudié « Eugène Onéguine » sans espoir de l'interpréter, il saisit quelques mots : ia sojaleyu (*je regrette*) – vsio kont-cheno (*c'est fini*) – ia lyubila iego (*je l'ai aimée*) – Il pose sa main sur l'épaule de Pavel, répète ces mots, pensant à celles qu'il avait rencontrées en cette lointaine année. Tout à ses regrets, Pavel n'entend pas le chuchotement de Simon, ne le comprend pas, il se lève pour saisir une bouteille dans un placard.

— Le génépi est pour la convivialité, la vodka, pour la solitude… ne t'en va pas, il faut que je te parle. Bois avec moi, reste encore, je dois te parler d'Elise. Allez, bois, tu en vas en avoir besoin.

Pavel dit qu'il a participé aux longues recherches qui ont suivi la disparition d'Elise. Quand elles ont été abandonnées, il a poursuivi pendant des mois l'exploration des ravins, des bois et des taillis, toujours plus loin, toujours vainement mais refusant de renoncer à ce qu'il croyait ; là où les gendarmes, les chasseurs, les cueilleurs de champignons n'avaient su la trouver, lui, la trouverait.

— C'était un jeudi de mai, un jour férié. La veille, je m'étais engueulé avec mon patron, il voulait que je répare la transmission d'un tracteur, des pièces manquaient. Nous nous sommes un peu bousculés et je suis parti furieux. Après une mauvaise nuit - je craignais d'avoir perdu mon boulot- j'ai décidé de marcher toute la journée pour me calmer. J'ai traversé le champ de blé en herbe, déjà haut, le bois de pins, j'ai marché, marché, gravi des pentes dans les pinèdes, dans les lavines, je suis arrivé sur un ravin qui dominait un torrent presque à sec. Là, je me suis reposé pour casser la croûte.

Pavel sert encore de la vodka et continue son récit ; tout en bas, sur la rive du torrent, sous des broussailles, il croit voir une grosse pierre arrondie, bien polie et décide de l'examiner. La descente est difficile, il glisse plusieurs fois, tombe et se reçoit rudement sur les galets du torrent. Il le traverse et sous les branches arrachées et piétinées par les sangliers, il découvre quelques restes humains,   des lambeaux de tissus et une bague aplatie, abîmée mais très reconnaissable, la croix d'Agadès que portait Elise.

— Je suis rentré aux Landes à la nuit tombée. J'ai décidé de ne rien dire, c'était trop tard, pourquoi réveiller une douleur presque oubliée ? Je voulais m'occuper d'elle, seul. A la pleine lune, je suis retourné au bord du torrent, avec tout ce qu'il fallait pour faire ce que je devais.

Bien qu'il transpire, que ses mains soient moites, Simon est glacé, la vodka lui donne la nausée. Pavel, le Russe est fou. Qu'a-t-il fait ? Simon pense à Elise, à son désir de quitter la lumière, se perdre dans l'ombre, il pense à son désarroi, sa volonté de solitude, à sa marche exténuée dans les collines, perdue, jusqu'au ravin où l'orage l'a atteinte. Il la voit, elle glisse dans le torrent qui l'emporte avec des arbres déracinés pour la laisser à la décrue, morte, invisible, introuvable, proie des bêtes nuisibles.

— Pavel, écoute-moi, Il y a dix ans, tu n'as rien dit ; alors maintenant, pourquoi me parles-tu ? Tu dis que tu n'as pas voulu prévenir la famille d'Elise, que tu t'es occupé d'elle, qu'as-tu fait ?

— Tu étais son ami, tu étais souvent avec elle. Un soir, je vous ai vus sous le grand tilleul au bord de la route, tu la tenais contre toi, elle était dans tes bras, tu l'aimais. Tu mérites de savoir. Elise est aux Landes maintenant, sous un arbre que j'ai planté, à droite du carré de lavandins, un ginko biloba, l'arbre éternel.

La pluie a cessé. Passé le riou, ils se séparent, se donnent l'accolade, sur le chèche de Pavel, une senteur pénétrante de lavande comme un souvenir du passé.

Pour les 45 ans de Simon, Gertrude, sa compagne depuis quinze ans, a réuni tous les siens, Espérance, son entrain sans défaillance malgré la maladie, l'astrophysicien Jean qui a quitté pour quelques jours son laboratoire du CNRS, Mathieu avec le groupe d'Heavy Metal à qui il prête sa grande voix, Charles toujours vaillant qui délaisse pour un temps ses engagements associatifs et vient de quitter la ZAD de N.D. des Landes, François disponible depuis qu'il a dû renoncer à ses périples sahariens avec Maghli, mort dans les Ifoghas. Seuls manquent Amiel, fragile, imprévisible et Luc qui veille sur elle.
Entouré des siens, Simon se veut heureux.

Quelques repères…

Pages 12, 60 : « *Le monde selon Garp* »
de John IRVING.

Pages 26 : « *Winterreise* » (*Le voyage d'hiver*)
de Franz SCHUBERT (Hans Hotter).

Page 28 : « *Cherokee* » de Jean ECHENOZ.

Page 39 : « *Sonate pour Piano D 959* »
de Franz SCHUBERT (Alain Planès).

Page 45, 49 : « *Erlkönig* » (Le Roi des Aulnes)
de Franz SCHUBERT (Elisabeth Schwarzkopf).

Page 69 : « *Vier letzte lieder* » (Les 4 derniers Lieder)
de Richard STRAUSS (Elisabeth Schwarzkopf).

Page 104 : « *Carmen* » de Georges BIZET
(Ernest Blanc).

Page 126 : « *Otello* » de Giuseppe VERDI
(Jon Vickers).

Page 146 : * - note de Georges BATAILLE

Page 157 : * citation extraite « *Les frères Karamazov* »
de Fiodor DOSTOIEVSKI.

Page 172 : « *Les nuits d'été* »
de Hector BERLIOZ (Régine Crespin).